De Wilde Voetbalbende

Joachim Masannek

Raban

de held

met tekeningen van Jan Birck

Uitgeverij Ploegsma Amsterdam

Kijk ook op www.ploegsma.nl

STICHTING NEDERLANDSE
KINDERJURY
2007

AVI 8

ISBN 90 216 1950 4 / NUR 282/283
Titel oorspronkelijke uitgave: 'Die Wilden Fußballkerle – Raban der
Held'
Verschenen bij: Baumhaus Buchverlag, Frankfurt am Main 2002
© Baumhaus Medien AG, Frankfurt am Main
Vertaling: Suzanne Braam
Omslagontwerp: Studio Rietvelt
© Nederlandse uitgave: Uitgeverij Ploegsma bv, Amsterdam 2006

Inhoud

Eindelijk!

De hond met zijn leren muts en zijn motorbril staarde me al sinds middernacht aan. Hij zat roerloos op zijn motor. Tegen zessen werden de duiven wakker. Ik hoorde ze boven me, op het dak. Ze zaten druk te koeren of fladderden zenuwachtig rond. Over 27 minuten en 13 seconden liep de wekker pas af.

Ik lag in bed in de Rozenbottelsteeg 6 en stikte van ongeduld. Dampende kippenkak! Dit was de langste nacht in mijn tienjarig bestaan! Eindelijk zag ik het licht van de koplamp op de motor aanspringen. De wijzers achter het glas stonden op zeven uur. De hond gaf gas en de motor brulde als een leeuw.

In de slaapkamer naast de mijne schoot mijn moeder rechtop in bed.

'Zet dat vreselijke ding af!' riep ze terwijl ze hard tegen de muur bonkte.

Maar voor mij klonk het als muziek. Eindelijk ochtend. Want vandaag stond alles op het spel. Vandaag, 23 november, was onze laatste thuiswedstrijd in de Duivelspot. Vandaag speelden we tegen de club die nu nog eerste stond in de competitie. Maar als we hen zouden verslaan, dan werden wíj herfstkampioen! De gedachte alleen al was om gek van te worden!

'Raaah!' riep ik. En nog eens: 'RAAAH!'

Pas toen zette ik mijn hond-op-motor-wekker uit. Ik sprong uit bed en twee minuten later stond ik in volledige

Wilde Bende-outfit voor de lange spiegel van mijn kleren-kast. Gitzwart shirt! Feloranje kousen! Het logo van de Wilde Voetbalbende op mijn borst! En op mijn rug schitterde 99, het nummer dat João Ribaldo voor me had gekozen. Hij was de Braziliaanse voetbalgod van Ajax. Hij had dat nummer voor mij gekozen omdat ik zo onberekenbaar ben, zei hij toen. Boven de 99 stond: Raban de held!

'Dampende kippenkak!' fluisterde ik tegen mijn spiegel-beeld. 'We schieten ze vandaag naar de maan! Hoor je? Daarvoor durf ik mijn twee benen in het vuur te steken!'

Ik balde mijn vuisten en de Raban in de spiegel deed het-zelfde.

'Hard als staal en genadeloos wild!' bezwoeren we elkaar. 'Zonder één seconde met de ogen te knipperen!'

Ik griste mijn rugzak met de voetbalschoenen van mijn bureau en deed de deur open. 'In geval van nood ga ik er zelf achteraan! Met mijn zwakkere been!'

'Dat doe je niet,' klonk een stem. Ik draaide me om en staarde naar mijn spiegelbeeld. Die Raban nam nu zijn bril met jampotglazen van zijn neus. Hij maakte de glazen schoon, zette de bril weer op en bekeek me van top tot teen.

'Wat zei je?' vroeg ik en ik wreef verbaasd in mijn ogen.

'Dat doe je niet!' herhaalde de Raban in de spiegel. 'Dat weet je best. Je hebt geen zwakker been.'

Ik werd rood van woede, bijna even rood als mijn haar. Ondanks de bril met jampotglazen werden mijn ogen twee dreigende spleetjes.

'Wat bedoel je daarmee?' fluisterde ik. Mijn spiegelbeeld haalde alleen maar zijn schouders op.

'Wie een zwakker been heeft, moet ook een sterker been hebben. Vind je niet, Raban?'

Ik hapte naar lucht.

'Oké! Oké! Wat jij wilt!' Ik probeerde mijn ijzersterke zelf-vertrouwen terug te krijgen. 'Maar hoe kun jij dat weten? Want spiegelbeelden kunnen al helemaal niet voetballen. Echt niet! Knoop dat alsjeblieft in je oren!'

Ik rende de overloop op. Wild en vastbesloten gooide ik de deur van mijn kamer met een klap dicht. Als iemand tegen me had gezegd dat ik voor iets weg wilde lopen, had ik hem uitgelachen.

Hé, jij daar! Voor het geval je het nu nóg niet weet, ik ben het, Raban. Raban de held! En ik ben niet bang. Ik heb Dikke Michiel verslagen. In hoogsteigen persoon. En nog wel met mijn zwakkere been. 'KLABAMM!' klonk het toen. Weet je het weer? Precies! En daarom hoor ik bij de Wilde Voetbalbende als slagroom bij aardbeien.

'Niet waar!' kwaakte mijn spiegelbeeld me achterna. Maar hij hing me nu even de keel uit. Ik luisterde niet meer.

Een held gaat zijn eigen weg

Ik rende de trap af naar de hal. Daar hadden de drie dochters van vriendinnen van mijn moeder me in het voorjaar nog krulspelden in mijn haar gedraaid. Verschrikkelijk! Intussen vochten mijn vrienden van de Wilde Bende wanhopig tegen de winter. Max 'Punter' van Maurik is de man met het hardste schot van de wereld. Hij schoot thuis, in de chique Eikenlaan op nummer 1, met de wereldbol van zijn vader het raam in de woonkamer aan gruzelementen. En tegelijkertijd waren Cynthia, Annemarie en Sabine druk bezig met mijn krullenkapsel. Brakende beren! Wat was dat pijnlijk. Alsof je tijdens een voetbalwedstrijd ineens merkt dat je een roze tutu aanhebt in plaats van je shirt en broek.

Stinkende apenscheten!

Maar dat was nu voor altijd verleden tijd. Niemand zou mij ooit nog een keer zo belachelijk maken!

Ik rukte de voordeur open, sprong op mijn Giant mountainbike met tractorachterband en reed hard de straat op. Ik voelde me lekker. De zonnestralen waren warm en goud op deze ochtend, laat in de zomer.

'Nee! Bij de almachtige flessengeest! Niet hij weer!' riep ik geschrokken. Ik reed regelrecht de fruitkraam in die bij de kruising langs de weg stond.

Tien seconden later dook ik op uit de pruimenbrij. Een overrijpe watermeloen rolde uit een kist en botste in volle

vaart tegen mijn hoofd. Toen zag ik de man van de kraam. Keek hij verbaasd? Néé! Hij kookte van woede. Daarom stak ik hulpeloos mijn armen in de lucht.

'Dampende kippenkak! Ik kon er niets aan doen. Gisteren stond u nog daar!' wees ik.

'Klopt,' bromde de fruitkoopman boos. Hij kwam naar me toe. 'Dat klopt helemaal. Daarginds tegen de muur. Toen reed je m'n kiwi's omver!'

'Ja, maar alleen omdat ik u probeerde te ontwijken. Want éérgisteren stond u aan de overkant!' riep ik. 'Met uw kisten tomaten! Weet u hoe blij mijn moeder was toen ze de vlekken op mijn kleren zag?'

De fruitkoopman luisterde helemaal niet. Voor hem stond het als een paal boven water: ik reed zijn kraam omver, dus ik was schuldig. Als de grijpers van een hijskraan kwamen zijn handen op me af. Hij greep me beet en keek me dreigend aan. Een gezicht zonder een greintje humor en medelijden.

Ik bukte me bliksemsnel en dook tussen de kisten met pruimen door. Ik sprong op mijn fiets en racete ervandoor. Nou ja, ik reed zo hard als je op een fiets met een tractorachterband kunt rijden. De fruitverkoper rende achter me aan. Toen ik de Fazantenhof insloeg, voelde ik zijn hete adem in mijn nek. Twintig meter voor me lag mijn enige redding. Een springschans! Fabi had hem op de stoep gebouwd. Ik reed nog harder. Mijn bovenbenen brandden als vuur. De fruitkoopman strekte zijn grote grijphand uit naar mijn capuchon.

'Alle brakende beren!' vloekte ik. Bij de springschans moest ik mijn fiets bijna lostrekken van de stoep. Minstens de helft van de pruimenbrij zat in het profiel van de banden en dat plakte! Ik reed de springschans op. Met een grote boog vloog ik over de muur. Vier seconden later belandde ik in Fabi's tuin tussen de struiken.

'Wacht maar! Jou krijg ik nog wel!' schreeuwde de fruitkoopman. 'Morgen ga je dit betalen, hoor je?' Met gebalde vuisten liep hij aan de andere kant van de muur.

'Dat zei hij gisteren ook al!' grijnsde Fabi terwijl hij me uit de struiken trok. Hij keek me aan. 'Wees maar voorzichtig als je de volgende keer fruit moet kopen voor je moeder!' Hij trok een wortel uit m'n capuchon en beet erin.

Ik knikte. 'Bedankt, Fabi. Alles is cool!' antwoordde ik. Ik stak mijn hand op.

Fabi keek me aan en grijnsde.

'Zolang je maar wild bent!' riep hij met volle mond. Hij sloeg een high five met me en liep naar zijn eigen mountainbike. 'Kom, we gaan! We hebben vandaag nog meer te doen!'

'Zeker weten, Fabi! Dampende kippenkak! We schieten ze meteen naar de maan!' Ik trok mijn fiets uit de struiken en sprong op mijn zadel.

Fabi keek verbaasd om. 'Je hebt het wel over de jongens die bovenaan staan, Raban!' Hij fronste bezorgd zijn voorhoofd.

'Dat weet ik ook wel!' Ik slikte een brok in mijn keel door. En ik begon te stotteren: 'Of-of, vind je d-dat we niet moeten winnen? Wil je m-misschien verliezen?'

Eindeloos lang keek Fabi me aan. Zo leek het tenminste. Toen riep hij: 'Bij alle trillende krokodillen! Je hebt gelijk. We schieten ze naar de maan!'

Hij schudde glimlachend zijn hoofd. 'Ik voel me al stukken beter. Kom!' riep hij. Hij ratelde verder: 'Weet je, ik bewonder je. Ik heb de hele nacht niet geslapen, Raban. Ik ben als de dood dat we vandaag verliezen!'

Gewapende tong

'...dat we vandaag verliezen!'

Fabi's laatste zin echode maar steeds in mijn hoofd. Ik reed de Duivelspot binnen en ging vol op mijn remmen staan.

De Duivelspot. Zo heette ons stadion, waar Willie een echte lichtinstallatie had aangelegd. Boven de ingang hing een houten schild met: 'Duivelspot!' De grootste heksenketel aller heksenketels. Het stadion van de Wilde Voetbalbende V.W.!

Hier zouden we onze overwinning vieren. We hadden in ons stadion pas één keer verloren. Dat was toen Fabi niet naar de wedstrijd kwam. Hij was bang dat Deniz beter zou zijn dan hij. Uitgerekend tegen de láátsten in de competitie was het verlies koud en hard. En net zo koud en hard waaide nu de novemberwind. Het houten bord boven de poort zwaaide piepend en krakend heen en weer. De hemel erboven had nog het diepe blauw van een dag in de nazomer. Maar bij de horizon stapelden zich onweerswolken op. En die kwamen al uit december, leek het.

Alle leden van de Wilde Bende stonden om me heen. Ze hadden hun mountainbikes bij zich. Vóór ons liep VV Waterland zich warm. Ze ploegden door de Duivelspot. Betongrijs, drie koppen groter dan wij en gewend vrijwel altijd te winnen. Hoe konden we dat elftal ooit verslaan?

Alle kwebbelende kwartels! 'Ik ben als de dood dat we van-

daag verliezen!' Die woorden van Fabi gonsden door mijn
hoofd. Opeens herinnerde ik me dat ook ik niet geslapen
had.

'Hé! Blijven jullie daar nog lang staan?' riep Willie.
Moeizaam stapte hij uit de oude caravan die hij van zijn oom
Bertus had gekregen. De caravan stond sinds kort naast het
stalletje in de Duivelspot. 'Ik mag hem van de gemeente hier
voorlopig laten staan,' had Willie tevreden verteld. 'En dat
doe ik dan ook!'

We keken hem aan alsof we net uit ons bed waren

gekropen. Willie schoof de klep van zijn rode honkbalpet uit zijn verkreukte gezicht en krabde op zijn voorhoofd. Hij had zijn streepjespak aan. Dat pak hadden wij hem voor zijn verjaardag gegeven. Onder het pak droeg hij een rood overhemd met witte stippen. Aan zijn voeten glommen slangenleren laarzen. Hij leek op een maffioso uit een Italiaanse film. Maar hij kéék als de beste trainer van de wereld die in de achtste dimensie, de groep van de E-junioren, het kampioenschap wint. Natuurlijk denk je nu 'achtste dimensie'? 'Achtste divisie' zul je bedoelen. Dat bedoel ik natuurlijk ook. Maar Josje had groep 8 ooit de 'Achtste Dimensie' gedoopt. En dat hadden wij erin gehouden.

Maar hoe wilde Willie het kampioenschap winnen? Wij stonden voor hem en staarden hem aan. We waren nog maar net op. We waren met onze gedachten nog lang niet in de Duivelspot. En zeker nog niet in de achtste dimensie.

We waren een kudde schapen die Willie nu als een herdershond het veld op dreef.

'Kom op, mannen! We gaan beginnen. Loop je warm!' riep hij. 'Stel je twee aan twee op bij de doellijn. Als ik "Hup!" roep, rennen jullie weg!'

'Ja, precies! Dat doen we, Willie!' riep ik enthousiast. 'Hebben jullie het gehoord? Kom op met die luie voeten! Leon, jij loopt met Vanessa. Marlon, jij laat Rocco zien hoe hard een Europese hazewind kan rennen.'

Marlon en Rocco keken elkaar aan en draaiden met hun ogen. Maar dat kon me niets schelen. We stonden twee aan twee klaar. Willie hinkte naar de penaltystip en strekte zijn armen uit.

'Hup!'

Marlon en Rocco stormden weg, maar ze vielen allebei over hun eigen benen in de modder. Leon en Vanessa misten de start en sloten weer achter in de rij aan. Maar ik, Raban de held, was sneller dan Fabi de snelste rechtsbuiten ter wereld. Drie meter voor hem tikte ik aan mijn kant op Willies hand af.

'Raah!' riep ik. 'Raahh! Raahh! Raah! Dampende kippenkak! Alles is cool...'

Ik stak mijn hand op naar Fabi voor de high five, maar die reageerde niet. Hij keek zwijgend naar Willie – en Willie keek naar mij.

'Krijg nou wat!' schold ik woedend. 'Wat heb ik tegen je gezegd, Fabi? We schieten ze naar de maan!'

Fabi en de andere leden van de Wilde Bende keken naar me alsof ze mij voor het eerst zagen. Toen ging hun blik naar de zeer machtige tegenstander, VV Waterland. Ik trok een paar van mijn rode haren uit.

'Ja, dat doen we! Het maakt niet uit dat ze eruitzien alsof ze van gewapend beton zijn. Horen jullie? Dampende kippenkak!'

Ik sloeg mijn armen over elkaar en keek hen aan. Langzaam verdween de sluier van onmacht voor hun ogen. Ze keken hoopvoller, vrolijker. Toen herkenden ze mij. De aarzelende glimlach op hun gezichten werd een brede grijns.

'Het maakt niet uit of ze een gewapende tong hebben!' riep Josje, Joeri's kleine broertje van zes. Fabi, die naast Josje stond, stak zijn hand op voor de high five.

'Alles is cool!' zei hij. Ik wilde al antwoorden, maar Josje was me voor.

'Zolang je maar wild bent!' riep hij. De anderen vielen hem onmiddellijk bij.

Alleen ik stond daar nog steeds met mijn rechterhand eenzaam in de lucht! Alle dondergoden! Hoorde ik niet meer bij de Wilde Bende? Ik had toch mooi de angst voor de tegenstander weggenomen! Weer blies een ijskoude wind door de Duivelspot. Hij beet in mijn gezicht. Ik rilde. Maar toen sloeg Willie de high five in mijn hand.

'Goed gedaan, Raban!' glimlachte hij. En tegen de anderen riep hij: 'En jullie zijn nu wakker, duidelijk?'

En of dat duidelijk was! Meteen stonden we allemaal op de doellijn. Willie riep: 'Hup!' Twee aan twee renden we weg. Marlon en Rocco. Vanessa en Leon maakten stofwolken met hun voeten. Fabi en ik. Fabi was weer sneller dan ik.

Toen deden we het allemaal nog een keer maar dan met onze rug naar Willie toegekeerd. We wachtten tot hij 'Hup!' schreeuwde en draaiden ons razendsnel om om weg te sprinten.

Weet je dat dat helemaal niet zo gemakkelijk is? Probeer het maar eens. Je wordt duizelig als je je zo snel moet omdraaien. Fabi en ik verloren ons richtinggevoel helemaal. In plaats van naar Willie toe, liep de een naar rechts en de ander naar links. We botsten met onze buiken tegen elkaar. Kaboem en bèèngg! Daarna gingen we knieheffen. Ik was de beste en snelste van allemaal.

Toen riep Willie ons bij zich.

Wild en niets te verliezen!

We gingen in een halve kring voor Willie in het gras zitten. Hij keek ons een voor een aan.

Eerst was Rocco de tovenaar aan de beurt. Hij was een zoon van een Braziliaanse voetbalheld van Ajax. Hij speelde prachtig voetbal. Het leek of hij met voetbalschoenen aan geboren was.

Hij legde zijn arm om de schouders van zijn beste vriend. Dat was Marlon de nummer 10. Marlon was onze spelverdeler en onze hersens op het veld. Hij was de oudere broer van Leon.

Leon, onze aanvoerder en slalomkampioen. Onze top-scorer en de jongen-van-de-flit-sende-voorzetten. Hij kon met zijn knie-holte of zijn oorlel nog een

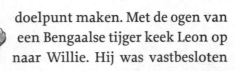

doelpunt maken. Met de ogen van een Bengaalse tijger keek Leon op naar Willie. Hij was vastbesloten vandaag te winnen. Dat bleek uit zijn hele houding. Net als Fabi de snelste rechtsbuiten ter wereld. En Felix de wervelwind, die in de wedstrijd tegen Ajax zijn astma overwon.

Jojo die met de zon danst, was zijn kapotte sandalen aan het repareren. Hij zat door de week altijd in een kinderopvanghuis. Voor voetbalschoenen had zijn moeder geen geld.

Marc de onbedwingbare zat naast Jojo. Hij kneedde zijn nieuwe keeperhandschoenen zacht.

Max 'Punter' van Maurik, de man met het hardste schot ter wereld, schudde zijn benen. Het leken wel sloophamers. Max zei bijna nooit iets. Zelfs aan de telefoon deed hij zijn mond nauwelijks open.

En Vanessa de onverschrokkene, het coolste meisje van de wereld, controleerde nog een keer haar geluksbrengers. Dat waren de roze lakpumps met de strikjes en glinsterende besjes. Die hadden wij haar voor haar verjaardag gegeven. Ze trok ze altijd aan om een strafschop in een doelpunt te veranderen.

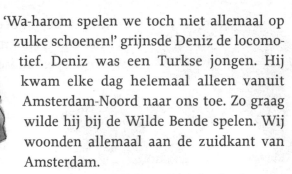

'Wa-harom spelen we toch niet allemaal op zulke schoenen!' grijnsde Deniz de locomotief. Deniz was een Turkse jongen. Hij kwam elke dag helemaal alleen vanuit Amsterdam-Noord naar ons toe. Zo graag wilde hij bij de Wilde Bende spelen. Wij woonden allemaal aan de zuidkant van Amsterdam.

'Dan he-hebben die scha-hatjes van VV Waterland al helemaal geen kans meer!' stotterde hij tevreden.

De kleine, zesjarige Josje, ons geheime wapen, lachte zich dood. Maar heimelijk zocht hij de hand van zijn grotere broer. De hand van Joeri 'Huckleberry' Fort Knox, het een-mans-middenveld.

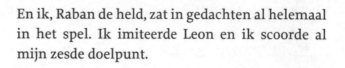

En ik, Raban de held, zat in gedachten al helemaal in het spel. Ik imiteerde Leon en ik scoorde al mijn zesde doelpunt.

Ja, wij, de Wilde Voetbalbende V.W., waren echt het beste voetbalelftal ter wereld. En daarom werden we vandaag kampioen. In ons eigen stadion, de Duivelspot, werden we vast herfstkampioen. Daar durfde ik mijn twee benen voor in het vuur te steken.

Willie draaide de klep van zijn pet naar achteren. Hij ging op zijn hurken zitten.

'Dit is jullie eerste seizoen,' begon hij heel rustig. 'En jullie spelen in een hogere klasse. De jongens daarginds in het betongrijs zijn één tot twee jaar ouder dan jullie en zes jaar ouder dan Josje.'

Willie keek Josje vriendelijk aan. Het gezicht van de kleine jongen straalde heldhaftig. 'Daarom hoeven jullie vandaag niet te winnen, hoor je? Het is geen schande als jullie verliezen.'

We staarden hem aan.

'Wat klets je nou?' siste ik. 'Wil je dat we het veld op gaan met het plan om te verliezen?'

Leon en Fabi draaiden verontwaardigd met hun ogen.

Ze gaven me gelijk. Felix vroeg verwijtend: 'Hé, Willie, ben je ons motto vergeten? "Geef nooit op", weet je nog?'

Willie knikte.

'Natuurlijk weet ik dat nog. Maar het is de laatste wedstrijd voor de winterstop. Voor vannacht is er al sneeuw voorspeld. Dan is het afgelopen met voetballen, over en uit. En dat zal jullie lelijk tegenvallen. Weten jullie nog hoe het in de voorjaarsvakantie ging?'

'Ja! Natuurlijk weten we dat nog!' riep ik. 'Toen hebben we de winter overleefd!'

'En Max heeft zich voor ons allemaal opgeofferd!' voegde Josje eraan toe.

'Krabbenklauwen en kippenkak,' fluisterde Joeri enthousiast. 'Ja, toen heeft hij de wereldbol door het raam geschopt. Bijna tegen het hoofd van zijn vader.'

Nu moest zelfs Willie grijnzen.

'En toen hebben we Dikke Michiel verslagen. Alle apenscheten! Dat heb ik gedaan. Met mijn zwakkere been. Klabamm! Zo heb ik hem naar de eeuwige jachtvelden geschoten!'

Mijn ogen begonnen te stralen toen Willie naar me knikte. Opeens werd hij ernstig.

'Precies. Dat was helemaal top! Maar toen waren jullie een team. Jullie hadden een gemeenschappelijk doel. Dat moeten jullie nooit vergeten, oké? Ook als jullie vandaag verliezen. Anders wordt het een vreselijke winter voor jullie.'

'Ja, dank je, Willie! Dit is wel genoeg,' zei Leon droog en cool. Hij stond op. Ik sprong ook op.

'Bij alle brakende beren!' riep ik. 'Ze hebben ook wel eens gelijkgespeeld. Zo onverslaanbaar zijn ze helemaal niet. Ze hebben maar drie punten meer dan wij. Als we vandaag winnen, staan we gelijk. Nee, dan staan we bovenaan. Want dan telt het onderling resultaat mee. Hebben jullie dat eindelijk dóór? En dat onderling resultaat, daar gaat het vandaag om!'

'Precies,' zei Marlon.

'Heel goed, Raban,' voegde Rocco eraan toe. 'Dat wilde ik ook net zeggen!'

'Trillende krokodillen! We gaan ervoor!' riep Fabi. Ook hij sprong op. Toen liepen we het veld op.

Daar hadden de betongrijze tegenstanders van VV

Waterland hun posities al ingenomen. Met een spottend glimlachje begroetten ze ons. Als ze ons al zagen. Ze waren gewend om altijd te winnen. Maar dat liet ons koud.

We vormden onze kring. Met de armen om elkaars schouders stonden we daar en staken onze hoofden bij elkaar. Leon keek ons aan. Hij keek ons stuk voor stuk in onze ogen. Toen telde hij vastbesloten tot drie.

'Eén, twéé. Dríé!'

'RAAAHHH!' schreeuwden we allemaal, zó hard dat de grond ervan trilde. Maar toen ik even omkeek naar de reuzen achter me, zag ik er een paar hun schouders ophalen.

'RAAAHHH!' schreeuwden we opnieuw. Toen stoven we uit elkaar. Wild en vastberaden nam iedereen zijn plaats in.

Alle brakende beren!

Marc de onbedwingbare stond natuurlijk in het doel. Vóór het doel waakte Joeri 'Huckleberry' Fort Knox, het eenmansmiddenveld. Rechts en links naast hem stonden Max 'Punter' van Maurik, de man met het hardste schot ter wereld, en Marlon de nummer 10. In de voorhoede speelde Fabi de snelste rechtsbuiten ter wereld. Leon de slalomkampioen, topscorer en de jongen-van-de-flitsende-voorzetten, stond midden en Rocco de tovenaar kwam over links.

Ook onze bank was bezet door de nodige uitstekende spelers. Daar was zelfs Ajax jaloers op. Daar zat Jojo die met de zon danst. En Felix de wervelwind, die iedereen duizelig maakt. Daarnaast zaten Deniz de locomotief en de onverschrokken Vanessa. En daartussen zat Josje met de X van de joker op zijn rug. En ik, Raban de held, de nummer 99, altijd onberekenbaar. Alleen al door mijn blik begonnen onze tegenstanders te beven.

Toen floot Willie en het begon. Als trainer van de thuisclub moest hij scheidsrechter zijn. Max stond naast Leon in de middencirkel en tikte de bal naar hem toe. Drie betongrijze tegenstanders stormden meteen op hem af. Leon, met het oog van een Bengaalse tijger, rende recht op hen af. Drie tegen één... Ze waren een jaar ouder dan hij en drie koppen groter. Dat was zelfs Leon te veel. Trillende krokodillen! Als ik hem was, dan was ik opzij gesprongen en had de bal expres gemist.

Maar Leon was Leon. Hij trapte op de bal en wachtte op de verblufte gezichten van zijn aanvallers. Toen schoof hij de bal vanuit stand met zijn voet naar rechtsvoor. Hij rende erachteraan.

Fabi kwam op de bal af. In een ontploffend vuurwerk van een dubbele pass stormden hij en Leon op het doel van de Waterlanders af.

Maar de betongrijzen waren groter en sneller dan al onze eerdere tegenstanders. Fabi en Leon konden zich niet van hen losmaken. Er kwamen bovendien nog twee verdedigers van Waterland bij. Twee tegen vijf, dat kon niet goed gaan. De speelruimte werd zo krap voor Fabi en Leon dat het leek of ze in een kast speelden. Leon zat gevangen en schoot de bal blind terug. Het leek alsof hij opeens bang was geworden.

'Nee, hè! Wat doe je nou?' Ik sprong op en plukte aan mijn rode krullen. 'Leon! Daar staat toch helemaal niemand!'

De bal rolde inderdaad in alle eenzaamheid over het veld. De rechtsbuiten van Waterland sprintte erheen om hem te halen. Dat was een superkans om te counteren. Hij was er zo. Fabi en Leon stonden er nog steeds bij alsof iemand op de knop 'standbeeld' had gedrukt.

Maar toen schoot Marlon uit het niets tevoorschijn. Alsof hij eerder onzichtbaar leek, zo opeens was hij er. Bij hem vergeleken zagen de betongrijzen er lijkbleek uit. Hij schoot de bal ver naar links.

Daar viste Rocco hem, midden in de sprint, met zijn rechtervoet uit de lucht. Al bij de volgende stap schoot hij met links en gleed de bal het strafschopgebied binnen. Daar stonden Leon en Fabi. Ze waren weer ontwaakt, en hoe! Die doodsblik was maar een truc geweest om VV Waterland om de tuin te leiden. Leon vloog als een torpedo tussen twee van zijn bewakers door. Hij kreeg de bal ergens onder heuphoog-

te te pakken en verlengde Rocco's schot met zijn achter-
hoofd. De bal draaide over Leons bewakers weg. Spottend
streek de bal even langs de vingers van de keeper, die in het
niets grepen. Hij stuitte tegen de lat en kwam terug.

'Krijg nou wat! Dat kan toch niet?' Ik sprong op van de
reservebank en staarde de anderen aan. 'Zagen jullie dat?'

Natuurlijk hadden ze het gezien. Maar ze zagen nog meer.
Terwijl ik naar hen keek, vloog de bal van de lat over de
hoofden van Fabi's bewakers. Fabi stond plotseling helemaal
vrij. Hij tilde zijn voet op voor een omhaal en donderde de
bal rechtsonder in het doel.

'Goal! Goal! Goal!' schreeuwden Vanessa, Jojo, Deniz, Josje,
Felix en Willie. Ze sprongen op en sloegen de armen om
elkaar heen. Ik draaide me verbijsterd om en wachtte op de
vertraagde herhaling.

Fabi, Leon, Rocco en Marlon sloegen de armen om elkaars
schouders. Ik begreep wie het doelpunt gemaakt had.

'Oké, Fabi! Dat was pas wild!' schreeuwde ik. Ik begon te klappen.

'Bij alle gillende krokodillen!' riep Fabi terug. 'Dat was de eerste omhaal in mijn leven bij de Wilde Bende! Raban! Heb je hem gezien?'

'Wat? Wat zeg je? Wat? Ja, natuurlijk, de omhaal! Dat was klasse!' riep ik. Fabi straalde. Jojo en Felix draaiden met hun ogen om mijn opmerking.

Daarna hadden onze tegenstanders de aftrap. Het leek wel of ze onder hypnose waren. Ons eerste doelpunt had de grasmat als een tapijt onder hun voeten weggetrokken. Lukraak vielen ze aan. Voor Joeri 'Huckleberry' Fort Knox, het eenmans-middenveld, was het heel moeilijk de bal te pakken te krijgen. Het leek op een spelletje Memory, waarin maar twéé kaartjes hetzelfde zijn. Maar het lukte hem en hij passte naar Marlon.

Marlon schoot vanaf de zijlijn naar rechts, naar Fabi. Die sprintte sneller dan het geluid schuin op het doel van VV Waterland af en schoot. Het schot was even hard als een mokerslag. De bal schoot naar de keeper en die reageerde deze keer prachtig. Hij balde zijn vuisten, boog zijn armen in een hoek en vloog naar rechts. Hij zette zich schrap tegen de bal die eraan kwam suizen en blokkeerde hem. Meteen sprong een betongrijze verdediger naar de bal om hem uit de gevarenzone te schieten.

Maar Leon was sneller. Met de grote teen van zijn rechtervoet schoof hij de bal met een flitsende pass naar links. Daar stond Rocco de tovenaar. Rocco genoot van zijn triomf en schoof de bal doodkalm met de binnenkant van zijn linkervoet veilig in het doel.

'Goal! Goal! Goal!' riepen we. Ik voegde er enthousiast aan toe: 'Zien jullie dat? Wat zei ik? We schieten ze naar de m-m-maan!'

Maar dat laatste woord verkruimelde al op mijn lippen. Willie keek alleen maar op zijn horloge en ik wist genoeg. Het was nog lang geen rust. En daarna kwam er nog een helft. Zo lang hield onze verrassingstactiek geen stand. Op een gegeven moment zouden de betongrijze tegenstanders zich herstellen. Dan stond ons een strijd op leven en dood te wachten. Ja, dat was even zeker als de aanwezigheid van de fruitkraam in onze straat.

VV Waterland stond niet alleen nummer één in de competitie. De club had ook nog een andere reputatie: VV Waterland speelde keihard. Halsbrekend hard. Harder dan Dikke Michiel en zijn Onoverwinnelijke Winnaars.

Het verkeerde been

Bij de volgende aanval stormde Rocco over links. Hij trok zijn Braziliaanse trukendoos open en wist langs vier spelers van VV Waterland te komen. Een dans over de bal in volle sprint, eerst met de rechtervoet eroverheen, dan met de linker, terwijl de bal gewoon rechtdoor rolde. Toen tilde hij hem met zijn voet omhoog, kopte hem over de aanvallers heen en stormde naar de hoekvlag. Daar werd hij opeens door twee verdedigers gestopt, maar hij schermde de bal volledig af. Hij stond met zijn rug naar het veld. Nergens was een opening te zien. Toen tikte hij de bal bliksemsnel met zijn hak terug. De bal schoot tussen de benen van twee tegenstanders door. Zonder nog een fractie van een seconde te aarzelen, draaide Rocco zich om en rende naar de bal. Hij gaf een vlakke pass achter de verdediging, waar Max opdook. Rustig haalde hij uit en knalde toen de bal met het hardste schot ter wereld naar het doel. De keeper van Waterland rekte en strekte zich zo hoog hij maar kon. En hij schreeuwde van woede toen hij merkte dat hij niet bij de bal kon komen. Die knalde tegen de lat. BOEMMM!

'Donder en bliksem! Wat een pech!' zei ik. Ik leed met Max mee. Het werd nog erger, want toen kwam de counter. Over links. Met de snelheid van het licht schoot VV Waterland in de opening die Max hun bood toen hij naar voren liep. Marlon kwam eraan sprinten, maar de rechtsbuiten schoot vanaf de zijlijn meteen naar links. Daar was nu alles open, want Marlon stond nog op rechts. Onze laatste hoop heette Joeri. Joeri 'Huckleberry' Fort Knox. Als een kever die gaat vliegen, zo zette Joeri zijn veren overeind en ging naast de linksbuiten staan voor de strijd. Maar de linksbuiten was drie koppen groter en 20 kilo zwaarder dan Joeri. Met het draaien van zijn lijf maaide hij ons eenmans-middenveld omver en rende met dreunende stappen op het doel af. Marc de onbedwingbare kwam er meteen uit. Hij verkortte de hoek en gooide zich met doodsverachting op de bal. Toen kreeg hij de knie van de tegenstander tegen zijn kin. Zoals een tennisbal tegen een locomotief afketst, zo viel Marc in de modder. Hij zag met een van pijn vertrokken gezicht hoe de bal over de lijn rolde.

'Overtreding! Willie, overtreding!' schreeuwde ik woedend, maar Willie schudde zijn hoofd.

'De jongen van Waterland heeft de bal gespeeld,' zei hij rustig. Hij keurde het doelpunt goed. Toen draafde hij langs de gehavende Joeri naar het midden terug.

Op dat moment sloeg de wedstrijd om en in de resterende 15 minuten was VV Waterland steeds in de aanval. Bij ons verdedigde iedereen. Zelfs Leon en Fabi kwamen in het strafschopgebied terug. En toen die niet meer konden, werden ze gewisseld met Deniz en Felix. Maar ondanks dat viel één minuut voor de rust het doelpunt van Waterland. Het werd twee-twee en in de rust likten we onze wonden.

Joeri, Marc, Max en Leon waren al aardig toegetakeld met grote, blauwe plekken op benen, rug en gezicht. En Waterland had nog niet één overtreding gemaakt. Ze speelden gewoon competitie zoals jongens spelen die een of twee jaar ouder zijn.

Dat beweerde Willie tenminste.

'Geen aanstellerij!' mopperde hij zonder medelijden. 'Zorg maar dat je sneller bent dan zij. Net als in het begin! Dan doen jullie je ook geen pijn!'

We staarden hem aan.

'Dat is niet eerlijk,' zei Deniz, maar Willie snoerde hem meteen de mond.

'Niet eerlijk? Dat snap ik niet. Wat is er oneerlijk aan deze wedstrijd? Dat jullie beter zijn? Beter, hoewel jullie jonger en kleiner zijn? Krijg nou wat! Wat bedoel je met niet eerlijk?'

Op Willies gezicht verscheen een grijns en deze grijns gaf ons weer moed.

'Nou, kom op! Ga naar je plaatsen en probeer de wedstrijd te winnen. Of willen jullie nu al naar huis?'

'Nog één woord en je krijgt de Wilde Bende tussen je ogen!'
riep Leon met gebalde vuist. Maar toen grijnsde hij ook. We
liepen het veld weer op.

De tweede helft begon.

VV Waterland speelde de bal, maar Leon sprong er al tussen. Hij schoot de bal naar zijn beste vriend Fabi op rechts.
Fabi liet zien dat Leon en hij echt over telepathische krach-
ten beschikten. Ze begrepen elkaar feilloos. Fabi speelde de
bal strak de ruimte in. Leon spurtte erachteraan en had de
bal net iets vóór de tegenstander. Als door een bos van sla-
lomstokken rende hij tussen de betongrijze verdediging door
en stond op het punt te schieten. Toen werd hij ongenadig
onderuitgehaald.

'Overtreding! Dat is een strafschop!' schreeuwde deze keer
niet alleen ik. Iedereen van de Wilde Bende die op de bank
zat, sprong op en rende het veld op. Rond Willie ontstond
een hele oploop. Leon rolde heen en weer in het gras. Hij kon
onmogelijk verder spelen. Hij had te veel pijn. Ondanks dat
dreigde VV Waterland met nog grotere hardheid als we die
strafschop zouden krijgen. Maar dat maakte ons niets uit en
Willie stond al bij de penaltystip.

Eerst verzorgden we Leon. Toen trok Vanessa haar roze
lakschoenen aan.

'Ik zal ze een lesje leren!' fluisterde ze tegen Leon die naast
haar lag. Ze rende het veld op.

De spelers van VV Waterland lachten haar vierkant uit
toen ze aantrad voor de strafschop. Maar dat was Vanessa
gewend. Doodkalm nam ze een aanloop van drie passen en
schoot met haar rechtervoet naar links. Terwijl de keeper
van VV Waterland al in de linkerhoek dook, schoot ze met de
buitenkant van haar rechtervoet de bal in de rechterbene-
denhoek.

'Drie-twee!' juichten we. We omhelsden en zoenden Vanessa alsof ze helemaal geen meisje was.

'Niet te geloven!' riep ik. 'Die bal sloeg in het doel als een vuist op een neus!'

Dat zagen de spelers van VV Waterland ook wel.

Maar nu floot Willie zo streng als hij maar kon. Ondanks dat werd onze bank een soort ziekenhuisje. Het stak VV Waterland enorm om van ons te verliezen. Verliezen van een stelletje sukkels die een jaar jonger waren. En van een meisje met roze lakschoenen aan! O, wat irriteerde hen dat! Hoe harder ze probeerden de gelijkmaker te schieten, wat niet lukte, hoe woedender ze werden. Ten slotte zaten Leon, Rocco en Max bij ons op de bank. En toen Fabi en Marlon ook nog gewond raakten, moesten Josje en ik het veld op.

Alle duivels in de hel! Daar had ik stiekem op gehoopt. Drie minuten had ik nog om de wedstrijd af te sluiten met vier-twee!

Marc de onbedwingbare gooide de bal ver het veld in.

'Los! Ik heb hem. Ik heb hem!' riep ik vastbesloten en ik kreeg gelijk. De bal kwam met een klap op mijn hoofd

terecht. Ik ging onderuit. Terwijl ik wanhopig naar mijn bril met de jampotglazen zocht, scoorde VV Waterland de gelijkmaker.

'Bij alle brakende beren!' schold ik. 'Dit kón toch niet?' Ik zag dat iedereen op de bank hevig geschrokken was opgesprongen. Zelfs Leon hinkte met veel pijn in het rond, maar hij kon niet spelen.

'Niet bang zijn! Het lukt ons wel!' riep ik. Ik zette mijn bril op mijn neus en sprong op. Ik pakte de bal en liep naar de middencirkel.

Daar schoof ik de bal naar Felix. Die passte naar Vanessa op rechts. Vanessa stormde ervandoor. Ze zag dat Jojo op links zo vrij stond. Ze schoot vanaf de zijlijn op de millimeter nauwkeurig naar Jojo. Die hoefde alleen nog maar zijn voet omhoog te houden om daarmee het winnende doelpunt te maken. Maar eigenlijk wilde ík dit doelpunt maken. Ik wilde mijn fout weer goedmaken. Daarom sprong ik in Vanessa's schot en had de bal een fractie van een seconde eerder dan Jojo. Iedereen keek met grote ogen van ontzetting toe, want... Ik schoot de bal met mijn verkeerde been van twee meter afstand ver over het doel...

'Kippenkak en krabbenklauwen!' vloekte Joeri.

'Bij alle dansende duivels! Wat doe jij nou?' schold Fabi en Leons ogen schoten alleen maar vuur.

Ik wilde iets zeggen, maar mijn stem liet me in de steek. In plaats daarvan rende ik terug. Nog was er niets verloren. Daar durfde ik beide benen voor in het vuur te steken. De keeper van VV Waterland schoot de bal het veld in. Hij kwam regelrecht op mij af. Ik moest hem stoppen. Ja, dat moest ik doen. Wat Joeri ook achter me stond te roepen. Maar ik miste de bal. Hij sprong op. Hij vloog over Joeri heen. Joeri had hem anders met duizend procent zekerheid opgevist. Nu belandde hij voor de voeten van de tegenstander. De centrumspits van het betongrijze elftal stond op de penaltystip en nam dit aanbod maar al te graag aan. Bliksemsnel draaide hij zich om. Toen veegde hij Josje, ons geheime wapen, als een lastige vlieg opzij. En hij schoot de bal in het doel. De bal was absoluut onhoudbaar voor Marc.

KLABAMM!

Drie-vier voor de tegenstander. Het fluitje dat toen klonk betekende het einde van de wedstrijd. We hadden verloren. En in plaats van herfstkampioen te worden, lagen we nu zes niet op te halen punten achter op de nummer één.

Maar dat was niet het ergste. Het ergste was dat dit verlies door mij gekomen was. Door mij alleen. Mijn schuld. Plotseling huiverde ik. Een ijskoude wind floot door de Duivelspot. Boven me hadden de donkergrijze wolken de prachtig blauwe zomerhemel opgeslokt.

Dat was het dan

Lachend fietsten de winnaars van VV Waterland weg bij de Duivelspot. Zij schenen de ijskoude wind niet te voelen. Wij wel. Hij drukte ons in het gras als natte herfstbladeren. We zaten bij elkaar en zeiden geen woord. De flesjes sinas die Willie had uitgedeeld, bleven onaangeroerd. Zwijgend zette hij ze terug in het rekje. Hij had alles gezegd. Hij kon en wilde ons niet verder helpen. Zo was Willie nu eenmaal. Hij was onze trainer, maar hij regelde ons leven niet. Dat moesten we zelf doen. Voor Willie waren we geen onzelfstandige kinderen. Voor hem waren we gevaarlijk en wild.

Alsof we al weg waren, begon hij zijn stalletje dicht te timmeren voor de winter. Dat duurde een vol uur. Daarna nam hij kort afscheid van ons.

'Dat was het voor dit jaar,' zei hij droog. 'Het voetbalseizoen is voorbij.'

We keken hem aan. Het leek wel of hij net had beweerd dat de hemel binnen een paar seconden naar beneden zou komen. Willie hompelde naar zijn caravan en hees zich met moeite de twee treden op. Daar bleef hij even staan. Hij draaide zich nog een keer naar ons om. Een fractie van een seconde dacht ik dat hij zich even wanhopig voelde als wij. Dat kwam misschien door de schaduw van een donkere wolk die langs de hemel trok. Maar Willie kuchte de schaduw weg.

'Eh... als jullie willen, kom dan twee dagen voor de kerst

hierheen. Misschien ligt er sneeuw. Dan kunnen we van de heuvel sleeën en een wilde kerst vieren, mannen!' lachte hij. Toen verdween hij in de caravan.

Wij verroerden intussen geen vin. Het was heel ongezellig en koud. Toch peinsde ik er niet over als eerste weg te gaan. Ik voelde nu al de blikken waarmee ze me na zouden kijken. Wat ze dan zouden denken? 'Daar rijdt Raban de held! Door hem, alleen maar door hém, hebben we verloren!'

Dus bleef ik stug zitten en doorstond uiteindelijk iets wat nog erger was.

Als eerste stond Leon op. Zonder een woord te zeggen liep hij naar zijn fiets, sprong erop en reed weg. Hij werd gevolgd door Marlon en Rocco, Vanessa, Max, Marc, Jojo en Felix, Josje, Deniz en Joeri. Ze gingen allemaal een voor een weg. Ze liepen langs me zonder een woord te zeggen. Snel sprongen ze op hun mountainbikes en reden ervandoor.

Alleen Fabi bleef. Fabi was mijn beste vriend. Maar omgekeerd was ík niet Fabi's beste vriend. Dat was Leon. Maar Fabi en ik bleven altijd wel bij elkaar in de buurt. Vooral toen Deniz was opgedoken en Fabi's vaste plaats als rechtsbuiten bedreigde. Nu stond ook Fabi op en legde een hand op mijn schouder. 'Trek het je niet aan! Het kan iedereen gebeuren!' mompelde hij. Ik geloofde er geen woord van.

'O, ja? En wie bedoel je met "iedereen"? Jezelf? Of wil je soms beweren dat zoiets ook Leon of Marlon of Rocco kan overkomen?'

Fabi zweeg. Hij zweeg omdat hij me wilde ontzien. Maar dat was een vergissing. Zijn zwijgen deed me meer pijn. Waarom zei hij niet gewoon de waarheid? 'Raban, vergeet het. Voetbal is je sport niet. Ga paardrijden of korfballen. Of ga bij een knutselvereniging en maak kerstversieringen. Maar zet de Wilde Bende gewoon uit je hoofd!'

Fabi wist wat er aan de hand was. Hij voelde het gewoon. Daarom liep hij naar zijn fiets, maakte het slot open en reed weg.

Ik wachtte tot hij achter de top van de heuvel verdwenen was. Toen snoot ik mijn neus en veegde de tranen van mijn wangen. Ik poetste mijn bril, stapte op mijn mountainbike en ploeterde naar huis.

Ik voelde me de eenzaamste jongen op de hele wereld. Alsof ik een helm op had die me onzichtbaar maakte en die ik niet meer af kon krijgen. Niemand zou me horen of zien. Wat voelde ik me rot! Ik schrok op uit mijn zelfmedelijden als een pas gekookt ei onder een ijskoude kraan. Er was iemand die me zag, ondanks die onzichtbaar makende helm.

'Nou heb ik je, mannetje!' riep de fruitkoopman aan het

begin van de Rozenbottelsteeg. Hij sprong op me af. Ik begon meteen te racen. Ik had nog niet zó genoeg van de wereld dat ik me aan deze man vrijwillig zou overgeven.

'Dampende kippenkak!' riep ik geschrokken en ik dook op het laatste moment onder de grijpende handen van de koopman door. 'Ja!' riep ik. 'Ja!' En ik zag weer licht aan het einde van de tunnel. 'Wat zei u? Wilt u me pakken? Bij de almachtige flessengeest! Dat lukt u nooit!'

Maar dat bleek een vergissing. De fruitkoopman had zijn kraam afgebroken en alle spullen al in de bak van zijn auto gelegd. Nu sprong hij achter het stuur en scheurde met piepende en rokende banden achter me aan.

'Supersukkel!' vervloekte ik mezelf. 'Hoepel op!' schreeuwde ik over mijn schouder tegen het vrachtwagentje.

Maar hoe raakte ik op een mountainbike met een tractor-achterband die auto kwijt? Zoveel geluk bestond er niet op de wereld!

De vrachtwagen maakte een oorverdovend lawaai. De klep van de laadbak sprong open. De fruitkoopman had hem nog niet vergrendeld. Door de vliegende start van de auto belandde de halve inhoud van de laadbak met veel gekletter op straat.

Nog een keer piepten en walmden de banden. De fruit-koopman had zo hard geremd dat de motor afsloeg. Het vrachtwagentje bokte en maakte een paar rare sprongen. Toen stond het dwars op de straat. Terwijl ik de oprit van Rozenbottelsteeg 6 opreed en in veiligheid was, sprong de man uit de vrachtwagen, keek woedend om zich heen en riep toen: 'Pas jij maar goed op, mannetje. Dat raad ik je aan. Pas op! Als ik je ooit te pakken krijg, dan zwaait er wat, dat verzeker ik je!'

Brillenkop en spiegelspook

Die avond ging ik heel vroeg naar bed. Hoewel het zaterdag was en ik langer mocht opblijven, kroop ik vroeg onder mijn dekbed. Mijn moeder vond het best. Ze merkte het helemaal niet. Ze had het druk. Zelfs als ze tijd had gehad, had ze me niet begrepen. Voor haar was voetbal hetzelfde als voor mij een knippatroon uit een modetijdschrift. Ik durf mijn bril erom te verwedden dat mijn moeder geen flauw idee had wat voor dag het voor mij was geweest.

Wij, de jongens van de Wilde Voetbalbende, hadden van-

daag verloren en lagen nu zes punten achter op de nummer één. Dat was niet meer op te halen. Daarom was ook het seizoenskampioenschap verspeeld en daarmee het grote doel van ons elftal.

Willie had ons daarvoor gewaarschuwd. Nog voor de wedstrijd had hij gezegd dat het zonder een gemeenschappelijk doel een verschrikkelijke winter voor ons zou worden.

Ik lag daar en staarde uit het raam. De wolken werden donkergrijs. Ze zakten op de daken van de stad, zó zwaar waren ze. Toen begon het te sneeuwen. Dikke, vette vlokken verstikten het laatste restje herfst. Willie kreeg gelijk. Het was verschrikkelijk. Daarom zette ik mijn bril af. Ik voelde me blind. Maar dit was veel beter. Nu was ik echt alleen. En nu herinnerde ik me weer precies wat Willie ook nog had gezegd: 'Het is geen schande als jullie vandaag verliezen. Dit is jullie eerste seizoen. En jullie spelen in een hogere klasse. De jongens daarginds in het betongrijs zijn één tot twee jaar ouder dan jullie en zes jaar ouder dan Josje.'

Ja, dat had Willie gezegd. Dus waar maakte ik me eigenlijk zorgen om? Er was niets aan de hand!

Toen hoorde ik Leon, alsof hij in mijn kamer naast mijn bed stond. 'Willie, dit is wel genoeg!' zei hij.

Ik hoorde mezelf vragen: 'Wat klets je nou? Wil je dat we het veld op gaan met het plan te gaan verliezen?'

Ik spitste mijn oren. Ook deze stem kwam duidelijk uit de kamer.

'Ja, dat zei je!' zei de stem plagend. 'Voor de wedstrijd. Toen je er nog van droomde doelpunten te schieten met omhalen!'

Ik vond mijn bril op de tast en zette hem op. Ik wist meteen waar ik moest kijken. Ik stond niet voor de spiegel in mijn klerenkast, maar ik kon daar wel mijn eigen spiegelbeeld zien en dat lag helemaal niet in bed. Dat zat in kleer-

makerszit op de vloer en keek me opstandig aan. Ik wreef met een vinger onder mijn bril voorzichtig mijn ogen uit. Was ik nu al gek? Zag ik nu al spoken?

'Nee hoor, je bent niet gek!' grijnsde de Raban in de spiegel zo cool als ik in mijn dapperste dromen nog niet was. 'Je bent gewoon alleen maar verschrikkelijk slecht! Je weet net zo weinig van voetballen als een loden eend van vliegen!'

Mijn adem stokte en mijn hart deed pijn alsof het door een gloeiende lans doorboord werd.

'Maar dat heb ik je al gezegd.' De Raban in de spiegel zuchtte. 'En ik heb geprobeerd je te beschermen. Tegen de nederlaag, de schande en tegen het feit dat je al je vrienden verliest.'

Hij keek me medelijdend aan.

'Weet je, Raban, ik kan er niets aan doen dat je liever je bril afzet, dan dat je de waarheid ziet.'

'Ja, je hebt gelijk!' bromde ik. 'En daar kun jij nu eenmaal niets aan doen! Ciao, spiegelspook. En slaap lekker!'

Zo gezegd, zo gedaan. Ik trok de bril van mijn neus. Ik kruiste mijn armen over mijn borst. Tot mijn tevredenheid zag ik de hele wereld achter een soort raam van matglas verdwijnen. Zo, die ben ik kwijt! dacht ik, maar toen meldde de Raban in de spiegel zich alweer: 'Hé, kun je wel slapen?'

'Laat me met rust! Ik zie je toch niet,' snoerde ik hem de mond. Ik lag op mijn rug en staarde naar het plafond.

'Dat geloof ik niet,' spotte hij. 'Kijk toch eens deze kant op!'

'Ik pieker er niet over,' deed ik stoer.

'Kijk nou maar!' smeekte het spiegelspook nu. 'Verder dan twee meter zie je toch niets scherp. En de klerenkast staat drie meter vijfenzeventig ver van je bed.'

Ik zweeg en verroerde me niet. Ik wilde die rotjongen niet zien.

'Toe nou, Raban! Je komt toch niet van me af. Of je nu kijkt of niet. Dus, wat wordt het? Ben je laf of dapper?'

Dat was te veel! Dit ging echt veel te ver!

'Dat neem je terug!'

Ik ging rechtop zitten in mijn Spiderman-pyjama en staarde naar de klerenkast. 'Ik ben niet laf, hoor je! Ik ben Raban. Raban de, de, de...?'

'...wat?' vroeg het spiegelspook. Wat ik toen zag, kon ik nauwelijks geloven. Overal, waarheen ik ook keek, verdween de wereld achter wazige flarden mist, maar de spiegel met dat gehate spook zweefde superscherp in deze mistflarden rond.

'Raban, wat is er?' vroeg de Raban in de spiegel nog een keer.

'Wat wil je van me, goedkope flessengeest?' siste ik terug in plaats van een antwoord te geven.

Die zat. In elk geval zei de jongen in de spiegel niets meer. Hij werd heel ernstig. Of liever gezegd: hij keek verlegen naar zijn voeten.

'Ha!' riep ik toen. 'Nu hou je je kop. Dat doet me goed, man! Nu moet je 'm alleen nog smeren, hoor je? Waarom hoepel je niet op? Ga solliciteren als invalspook op de kermis!'

Ik zat daar in mijn Spiderman-pyjama. Ik hield mijn vuisten gebald en ik trilde van woede. Zelfs de matras trilde mee. Raban in de spiegel keek op en op datzelfde ogenblik had hij geen Spiderman-pyjama meer aan, maar een streepjespak zoals Willie.

'Ik ben geen spook,' zei hij zo oprecht mogelijk. 'En jij bent Spiderman niet. Dat weet je best.'

Ik slikte. Ik voelde tranen op m'n wangen die ik direct wegveegde. Shit! Maar hij had gelijk.

'En jij bent voor mij ook geen lid van de Wilde Bende. Als jij een wedstrijd meespeelt, heeft de tegenstander een man meer op het veld. Dat had Leon al voor de wedstrijd tegen Dikke Michiel gezegd. Daarom heeft hij jou uit het elftal gegooid. Weet je nog?'

En of ik het wist! Die vreselijke nachtmerrienacht! Wat wilde die gek?

'Dat zal ik je vertellen,' antwoordde hij op mijn gedachten. Hij leek nu een vriendelijke beschermengel die ik alles kon vragen. 'Raban. Stel je toch eens voor dat je niet was teruggegaan. Ik bedoel toen, in de rust van de wedstrijd tegen de Onoverwinnelijke Winnaars. Wat dacht je? Zou de Wilde Bende dan vandaag verloren hebben? Nee, dus. Dat weet jij net zo goed als ik. En daarom is het duidelijk: het is jouw schuld dat hun droom van het kampioenschap niet meer bestaat. Herinner je je hoe jullie een keer op de top van de heuvel bij de Duivelspot stonden? Dat was na de een na laatste wedstrijd, na de overwinning van Deniz en Fabi tegen de Baarsjes. Jullie hadden de armen om elkaars schouders geslagen. En jullie keken naar de zonsondergang. Weet je het nog? Dat Leon tot drie telde. Een. Twee. Drie. Zo was het toch? En toen knepen jullie allemaal je ogen dicht. En zonder dat het afgesproken was, wensten jullie allemaal hetzelfde: dat jullie kampioen zouden worden!'

De Raban in de spiegel keek me aan. Alsof hij ervan genoot wachtte hij tot de tranen opnieuw als duiveneieren uit mijn ogen begonnen te rollen.

'De Wilde Bende zijn mijn vrienden,' begon ik zachtjes en hees. Het was een laatste poging.

'Ik weet niet over welke vriendschap je het hebt,' snoerde hij mij de mond. 'Was het schot dat je Jojo afpikte misschien een vriendendienst? Nee. De Wilde Bende wilde vandaag winnen. Ze moesten winnen om de winter goed door te komen. En nu worden ze erdoor verstikt. Kom op, kijk uit het raam en geef antwoord op mijn enige vraag: denk je dat de Wilde Bende volgend voorjaar nog bestaat?'

Ik liep naar het raam en keek. Maar ik had mijn bril niet op en zag niet veel. Alleen maar flarden mist. Toen ik weer naar de klerenkast keek, was de spiegel verdwenen. En daarmee ook mijn spiegelbeeld.

Ik was alleen.

November, december

De laatste week van november viel er koude, natte sneeuw. Onafgebroken vielen plakkerige vlokken op de aarde en beperkten het zicht tot vijf meter. De straten liepen schuimend over. Vuile, klodderige sneeuw borrelde eruit als het schuim uit een te vol bad.

Op school spraken we nauwelijks met elkaar. Dat wil zeggen, de anderen praatten wel onderling. Maar altijd zachtjes en met hun rug naar mij toe. Dat dacht ik tenminste. En toen ik hun vroeg of ze na school tijd voor me hadden, schudden ze allemaal hun hoofd.

Leon had drumles, Marlon moest saxofoon oefenen. Fabi ging naar een ijshockeywedstrijd en Rocco met zijn vader naar Ajax voor de training. Max wilde zijn voetbalverzameling sorteren. Vanessa had oma Verschrikkelijk op bezoek. Ze wilde met haar een bokswedstrijd voor zwaargewichten op de tv zien. Josje en Joeri gingen met hun vader naar de film.

Ik geloofde er geen woord van. Dit klonk als regelrechte smoesjes. Ik vond het afschuwelijk! Nou vráág ik je. Wie doet elke dag altijd hetzelfde? Zelfs Ajax heeft wel eens vrij. Elke dag bioscoop kan bijna niemand betalen en bij oma Verschrikkelijk hou je het ook niet eindeloos uit.

Maar ik durfde het niet te zeggen. Na het gesprek met het spiegelspook was ik bang voor de waarheid. Ik wilde niet horen dat mijn vrienden me niet mochten. Dat ze nog liever alleen waren, dan bij mij. Daarom vroeg ik ze niets meer. Ik had geen keus. Jojo, Marc en Deniz zaten op andere scholen. Ik hoorde nooit iets van hen. En Felix was al wekenlang ziek.

Ik lag op de vloer van mijn kamer en staarde naar het plafond. Het was half december en buiten was het ijskoud. Het had dagenlang gesneeuwd en er lag een dik pak bevroren sneeuw. Nu was de hemel strakblauw.

'Felix! Ja, natuurlijk!' schoot het opeens door mijn hoofd. Ik kon hem gaan opzoeken! Hij had vast geen betere plannen. In elk geval zou hij me niet uit de weg kunnen gaan. Hij lag in bed en was ziek. Hij zou naar me moeten luisteren. En dan zou hij het begrijpen. Dat wist ik zeker. Hij zou snappen dat ik lid van de Wilde Bende was en wilde blijven. En ook dat ik wilde dat de Wilde Bende komend jaar nog zou bestaan.

Een paar minuten later rende ik naar buiten. Ik sprong op mijn fiets die op de oprit stond en racete de straat op.

In de bocht slipte ik op de bevroren sneeuw. Maar ik was goed. Ik redde het de bocht door. En ik scheurde recht op de kruising af.

Almachtige flessengeest! schoot het door mijn hoofd: de fruitkraam. Waar zou hij vandaag staan?

In paniek keek ik rond. Ik was er helemaal op voorbereid dat ik elke seconde in een kist met dadels of noten zou belanden. Maar er was nergens een fruitkraam of fruitkoopman te zien.

Ik kon het niet geloven. Zelfs toen ik bij de kruising moest afslaan, keek ik nog een keer om. Nee! Hij was er echt niet! Dit was geluk hebben! Ik ging harder rijden. Nog in de bocht zette ik een tandje bij en keek opgelucht voor me uit.

'Stomme superpechvogel! Dus toch!' schreeuwde ik tegen mezelf. Ik trapte meteen op de rem.

Recht voor me was opeens de kraam van de fruithandelaar uit de grond gerezen. Hoewel het profiel van mijn tractor-achterband in de bevroren sneeuw drukte, vlogen de kisten met noten, mandarijnen en dadels met de snelheid van het licht op me af.

Boemmm! Páts! Klabamm! Toen stond de wereld op zijn kop, wervelde driemaal om me heen en schoot me regelrecht de hel in. Plakkerig en bruin was het daar, tot ik de dadels uit mijn gezicht had geveegd. Maar dat had ik beter niet kunnen doen, want toen zag ik hem. Zijn hoofd verduisterde de hemel. Toen ik mijn bril wat hoger op mijn neus schoof, zag ik een woedend gezicht met een ijskoude grijns.

'Ik heb toch gezegd dat ik je zou krijgen!' zei hij met zo'n toonloze stem, dat mijn ruggengraat bevroor.

Toen pakte hij met zijn grijpgrage vingers mijn oorlelletje

vast en trok me daaraan tussen zijn waar uit.

'En nu gaan we samen naar je moeder!'

'Brakende beren en stinkende apenscheten!' schold ik. 'Waarom? Ik kan er toch niets aan doen dat u elke dag ergens anders staat! En dat u vergeet de laadklep van uw vrachtwagen te vergrendelen?'

Maar mijn moeder wist hij beter te overtuigen. Zonder een woord te zeggen stond ze op de overloop en keek op ons neer in de hal. De fruithandelaar vertelde haar alles. Terwijl hij mijn oorlelletje uitrekte tot een lengte van één meter veertig, vertelde hij haar het lot van elke kiwi, sinaasappel, mandarijn en dadel. Daarna pakte mijn moeder haar vulpen, vulde een cheque in en kwam de trap af. Ik moest drie keer achter elkaar 'het spijt me, meneer' zeggen voor hij m'n oorlel losliet. Toen sprak mijn moeder mijn doodvonnis: 'Vanaf nu wordt alles heel anders!'

Nadat de fruitkoopman zijn cheque had gekregen en weg was, moest ik opbellen.

'Hallo... eh... ja... met Raban. Ik bedoel Rabanovich,' bracht ik er met grote moeite uit. Ik keek mijn moeder nog eens smekend aan. Dit kon ze niet menen. Maar ze was allang de trap weer op. Ze wilde weer aan het werk. Haar blik was er een van pure onbarmhartigheid.

'Oké! Oké!' haastte ik me te zeggen en ik ging door met mijn telefoongesprek: 'Rabarbertje dan. Voor mijn part. Doe maar wat jullie willen. De hoofdzaak is dat jullie langskomen! Ja, alle drie! Ik ben namelijk alleen. Dampende kippenkak! En ik wil heel graag met jullie spelen.'

Het bezoek aan Felix ging dus niet door. Ik was wanhopig en die wanhoop maakte me blind. Alsof ik mijn bril met jampotglazen voor altijd kwijt was.

Drie dagen later moest ik verplicht met de drie dochters

van mijn moeders vriendinnen schaatsen. De poedelharige monsters hadden pastelkleurige teddyjasjes aan en jurken met linten, kantjes en strikjes. Ik moest goed bij hen passen. Daarom hadden ze m'n haar geföhnd en getoupeerd én me een paar pluchen oorwarmers opgezet.

De fruitkoopman stond krom van het lachen toen ik langs zijn stalletje kwam. Toen drong het pas goed tot me door: Raban de held bestond niet meer. Hij had misschien wel nooit bestaan. Raban de held was pure opschepperij.

Spiderman

De laatste schooldag voor de kerstvakantie was treurig en stil. De twee vrije weken waren net zo overbodig en onbelangrijk als een vierkante bal. En niemand praatte over Kerstmis. Wat voor wilde wensen we ook hadden gehad. Ze waren waardeloos geworden. Kun je je dat voorstellen? Het gevoel alsof alle versierde kerstbomen op de hele wereld tegelijk omvallen en verdrogen? Rinkelende schervenhopen! En opeens begreep ik het allemaal.

Ik had een zondvloed aan tranen gehuild. Maar het ging niet alleen slecht met míj. Ik zag het aan alle leden van de Wilde Bende: iedereen trok zich een beetje terug. Fabi vroeg Leon na school met hem mee naar huis te gaan. Maar Leon wilde niet. En Fabi werd heel stil en afstandelijk toen Leon hem dezelfde vraag stelde. Fabi wilde ook niet met Leon mee naar huis.

Marlon en Rocco kregen zelfs ruzie. Ze verweten elkaar dat de een altijd wegliep als de ander eraan kwam. En de andere spelers van de Wilde Bende vroegen elkaar al niet eens meer mee naar huis.

Toen zag ik Max. Max 'Punter' van Maurik, de man met het hardste schot ter wereld. Het leek echter of de arme jongen in een harnas liep, waarvan de scharnieren verroest waren. Hij was een man van actie en niet van praten. Hij zei nauwelijks ooit iets en hield zelfs aan de telefoon vaak zijn mond. Hij wilde nu de hele dag al iets zeggen. Hij liep ongeduldig heen en weer, maar het lukte hem niet. Toen hield ik het niet meer en verbrak het duistere zwijgen.

'Zo kan het niet langer!' flapte ik er opeens uit. De anderen staarden me aan.

Ze zaten al op hun mountainbikes en zouden zo in alle richtingen verdwijnen. Maar ik stond bij de uitgang van het fietsenhok en versperde hun de weg.

'Ja, dampende kippenkak en stinkende apenscheten! We moeten iets doen. Anders bestaan we straks niet meer!'

'O, nee? En wát moeten we dan wel doen?' vroeg Leon spottend. 'Ik denk dat je al te veel gedaan hebt.'

Die zat. Hij trof me recht in mijn hart. En dat was terecht. Jojo de bal afpakken was al erg genoeg. Maar hem dan ook nog op minder dan twee meter afstand van het doel over de lat schieten! Dat was stommer dan stom. Dat schreeuwde om straf en meer: om levenslange verbanning! Maar dat kon me op dat ogenblik geen klap schelen.

'Willie heeft het gezegd,' zei ik. 'En het spook in de spiegel ook! Zo komen we nooit de winter door!'

Nu was het doodstil. Zelfs Josje, Joeri's jongere broertje van zes, trok rimpels in zijn voorhoofd als een oude man.

'Willie en wie nog meer?' vroeg hij.

'Mijn spiegelbeeld!' legde ik uit. Ik was ervan overtuigd dat dit de normaalste zaak van de wereld was. 'Zoiets als bij Felix. Die praat toch ook met een revolverheld?'

'Ja, maar die revolverheld is zijn moeder!' antwoordde Marlon droog.

'Nou en! Wat is het verschil? Het spiegelbeeld ben ik. Of nee, het is mijn geest! Ik had mijn Spiderman-pyjama aan, maar het spiegelspook...'

'Spiderman-pyjama?' herhaalde Vanessa ongelovig. 'Heb jij echt een Spiderman-pyjama?'

'Ja!' Ik grijnsde trots, want ik dacht dat ze het interessant vond. Ik hoorde de spot in haar stem niet. 'En nog wel de echte! Uit Amerika! Maar mijn spiegelbeeld had zo'n streepjespak aan als Willie heeft. Snap je? Vanessa, daarom was het mijn geest!'

Ik keek haar vol verwachting aan. Als Vanessa me zou geloven, geloofden ze me allemaal. Ze kauwde op haar onderlip en zocht de blik van Leon, Marlon en Fabi. Toen zei ze zacht maar vastberaden: 'Ik geloof dat ik hier heel snel weg moet!'

Ze kwam op haar mountainbike regelrecht op me af. Op het laatste ogenblik moest ik opzij springen. De anderen raceten er ook vandoor. En toen ze dachten dat ze buiten gehoorsafstand waren, barstten ze in schaterlachen uit. Ze vielen bijna van hun fiets. Waar ze zo om lachten, blies de wind me in flarden toe.

'Hoorden jullie dat?'

'Bij Raban thuis spookt het!'

'Zeg alsjeblieft dat het een grap is!'

'Een grap? Hij draagt een Spiderman-pyjama. Die is bloed-serieus.'

'Krabbenklauwen en kippenkak! Ik moet naar huis. Ik trek een Batman-cape aan en ga voor de wasmachine zitten.'

'Dan ga ik mee. Misschien waggelen er zelfs vampiers uit de wasmachine!'

Toen werd het stil. Of ik was doof geworden van schaamte en ellende, óf ze waren ver genoeg weg. Langzaam begon ik te lopen. Na de laatste botsing met de fruitkoopman mocht ik niet meer op mijn mountainbike. De stilte was ijzig. Om me heen smolt de sneeuw. Mijn voeten zakten tot aan mijn enkels in de prut.

Thuis wachtte me een verrassing. Daar vond ik Willies uit-nodiging.

Zwart met bloedrode spetters

De brief stond op tafel tegen een vaas.
Mijn moeder had hem met opzet zo
neergezet. Dat deed ze anders nooit.
Zulke brieven nam ze vroeger
niet serieus.

En zeker geen brieven
in een gitzwarte enve-
lop.

Gitzwart met het logo
van de Wilde Bende erop.
Iemand had de monsterkop
een vuurrode kerstmannen-
muts opgezet. Een vage
glimlach kriebelde
rond mijn mond.
Ik maakte de
envelop open.
Er zat een opgevouwen vel zwart papier in. Ik vouwde het
open. Daar stond in spookachtig rood handschrift met veel
knalrode spetters als druppels bloed eromheen:

Mijn glimlach verdween als sneeuw voor de zon. Mijn gezicht verstarde tot een grimmig masker.

Ze waren bij Willie geweest. Ze hadden hem alles verteld. Van het spiegelspook en de Spiderman-pyjama. Ze hadden zich samen rot gelachen. En nu hield Willie me ook nog voor de gek. Dat bleek uit alles: het spookachtige handschrift, de rode inkt en de bloedrode spetters eromheen. Het 'Oeaah' aan het einde. En dan de uitnodiging zelf. Waar kon je nu nog sleeën? De sneeuw was gesmolten en er lag overal alleen maar vieze prut.

Ik werd woedend. Het gevoel kwam van heel diep naar boven. Het was een zachte, maar enorme woede. Door die woede wilde ik voorgoed een punt zetten achter mijn leven als lid van de Wilde Bende. Langzaam pakte ik de uitnodiging op. Ik wilde hem net verscheuren, toen mijn moeder de kamer binnenkwam. 'Je kunt de fiets pakken!' zei ze op strenge toon.

'Hè, i-ik m-mag toch niet fietsen?' stotterde ik. Maar mijn

moeder scheen zich dat niet meer te herinneren.

'Je kunt je fiets pakken, zei ik toch. Of spreek ik soms Chinees?'

'Maar ik heb al een afspraak met Cynthia, Annemarie en Sabine. Ze willen me hun nieuwe dans laten zien.'

'Dat weet ik en ik heb hen afgebeld!' Hiermee pakte mijn moeder mij de laatste kans af om aan een nieuwe afgang te ontkomen. De Wilde Bende wilde maar al te graag dat ik de uitnodiging zou aannemen. Ze zouden op de heuveltop bij de Duivelspot staan en zich doodlachen als ik met mijn slee verscheen. Ik zag het voor me, alsof het al gebeurd was: 'Hé, Raban! Geweldig dat je er bent!' zouden ze roepen. 'Laat ons nog eens zien hoe goed je bent op de slee.'

En in mijn fantasie deed ik dat ook nog. Ik gooide mijn plastic rodelsleetje op de grond, ging erop zitten en gleed van de heuvel af. Maar, en dat was niet grappig: de sneeuw was gesmolten en al na een paar meter bleef mijn slee met een harde ruk steken. Ik viel voorover in de natte, kledderige troep. Ja, zo zou het precies gaan. Hottentottennachtmerrienacht!

'Wat is er? Waar wacht je nog op?' haalde mijn moeder me uit mijn gedachten in de hal van ons huis terug. 'Ik doe dit niet graag, hoor! Maar die Willie heeft gebeld. Hij heeft wel een halfuur lang staan smeken. Zo belangrijk is het voor hem dat je komt.'

Even was ik verbaasd. Toen sprong het glimlachje voor de tweede keer rond mijn mond.

'Waarom zei je dat dan niet meteen?' riep ik zenuwachtig en enthousiast tegelijk. Maar het was geen vraag waarop ik een antwoord verwachtte.

Ik liep naar mijn kamer en hing mijn plastic rodelslee als een Noormannenschild om mijn schouders. Het volgende ogenblik sloeg ik de voordeur al achter me dicht. Ik pakte mijn fiets, sprong er al rennend op en racete de oprit af, de straat op.

'Almachtige flessengeest!' schoot me op hetzelfde moment door mijn hoofd. Een koude rilling gleed langs mijn ruggengraat naar beneden. Ik was de fruitkoopman vergeten!

Mijn paniek was zo groot dat mijn hersens met enige duizeligheid te kampen kregen. Als in slow motion keek ik zoekend om me heen. Binnen een fractie van een seconde zou het gaan kraken en rammelen. Dan zou ik vast in een kist appels belanden. PATSSS! en KLABAMM!

Nee, dat mocht niet! Ik trapte op de rem. Mijn tractorachterband blokkeerde.

Ik vloog over het stuur, maakte een koprol en belandde op mijn kont. Buiten adem zat ik daar en keek om me heen. Maar de straat was leeg. Fruitkraam, koopman en vrachtwagentje waren in rook opgegaan, alsof ze er nooit geweest waren. Ze waren er niet meer!

'Driemaal geoliede uilendrol!' riep ik dolblij en verbaasd. 'Zoveel geluk bestaat toch niet?'

Toen sprong ik op. Ik pakte mijn fiets en merkte nauwelijks dat het stuur scheef stond. Ik reed en voelde me gelukkig. Ik maakte de bocht naar links. Voor me lag de heuvel. En daarachter de Duivelspot, de grootste heksenketel aller heksenketels. Daar hoorde ik een geheim dat je niet zult geloven. Daar durf ik mijn voeten voor in het vuur te steken.

Warme wijn en vuurvliegjes

Hoe verder ik de heuvel opreed, des te modderiger de weg werd. Zonder mijn brede achterband was het me nooit gelukt. Hij ploeterde en klauwde zich moeizaam de heuvel op. Ik was bijna op de top. En kort daarop in de Duivelspot. Dan zag ik mijn vrienden, de andere leden van de Wilde Bende. We zouden samen een kerstgevoel hebben bij een wild kerst-sleefeest.

Met die gedachte sprong ik over de top van de heuvel, remde cool af en kwam dwars op de weg tot stilstand. Raaah! Onder me lag de Duivelspot, maar ik zag er niemand. Er waren geen andere leden van de Wilde Bende. En op de helling naar beneden lag geen vlokje sneeuw. Ze hadden me erin geluisd! Zelfs Willie zat in het complot en had met mijn moeder gebeld. En ik was zo stom om het allemaal te geloven! Sleeën met deze dooi? Ik had ook niet beter verdiend. Ik vocht tegen mijn tranen. Ik was nu eenmaal zoals ik was. Ik kon mezelf niet veranderen. En zelfs dán zou ik vandaag gekomen zijn. Als ze me hadden wijsgemaakt dat ik tot voetballer van het jaar was gekozen, had ik het geloofd. Dampende kippenkak! Ik was zo alleen... En er was niemand die ik meer miste dan mijn vrienden van de Wilde Bende, het beste voetbalelftal van de wereld.

'En ik dacht net dat er niemand meer zou komen,' zei een stem achter me.

Ik draaide me om en zag Willie.

'Waar zijn de anderen?' vroeg ik en ik rekende er vast op dat ze het volgende ogenblik lachend en schreeuwend uit hun schuilplaats tevoorschijn zouden springen. Maar de top van de heuvel was kaal. Daar kon je je nergens verstoppen.

'Dat weet jij vast beter dan ik,' antwoordde Willie. Hij zat op zijn slee in de modder en keek me heel oprecht aan. Ik fronste mijn wenkbrauwen. Ik wilde Willie niet geloven.

'Zeg niet dat je wilde sleeën!' Ik gromde tegen hem als een babywolf die voor het eerst zijn spiegelbeeld ziet. 'Ik kan mezelf wel voor de gek houden. Daar heb ik jou niet voor nodig!'

'Nou, eh... tja, eh... die sneeuw wilde vandaag niet echt, denk ik,' stamelde Willie. 'Maar wat dacht je van een lekkere slok warme wijn? Daar heb ik zin in!'

Hij gaf me een samenzweerderige knipoog.

'Willie!' riep ik geschrokken. 'Ik ben tien jaar en hoor bij de Wilde Bende. Dat is bijna zoiets als een profvoetballer. Dan betekent alcohol vergif!'

'Och ja, sorry. Het spijt me!' verontschuldigde Willie zich. 'En wat zou je denken van een Wilde Bende Punch, geproefd en goedgekeurd door de FIFA en de KNVB?'

Ik merkte dat ik moest lachen. En Willie lachte terug. Toen stond hij op en samen liepen we de heuvel af naar de Duivelspot. Ik liep naast mijn mountainbike en droeg mijn plastic rodelslee op mijn rug.

Willie liep in een warm jack naast me en zijn rood-wit gestreepte sjaal hing nonchalant teruggeslagen over zijn schouder. We waren een raar koppel, maar desondanks was ik apetrots. Willie had me uitgenodigd. Bij hem thuis! In de caravan achter zijn stalletje. Dat had hij nog nooit met een Wilde Bendelid gedaan. Ik vond het een grote eer.

De caravan was vanbinnen veel groter dan ik verwachtte. En het glinsterde en fonkelde er als in een schatkamer. Aan de wanden waren kastjes opgehangen met schuifdeurtjes ervoor. Ze stonden allemaal open. Ik zag honderden glinsterende medailles hangen en er stond een groot aantal bekers.

'Dampende kippenkak,' fluisterde ik diep onder de indruk. 'Heb je die allemaal gewonnen?'

'Ja, dat wil zeggen, op eentje na!' antwoordde Willie. Hij

zette twee thermoskannen op tafel. Een voor hem en een voor mij. 'Maar dat is al eeuwen geleden.'

Toen schonk hij in en tikte met zijn bekertje tegen het mijne.

'Alles is cool!' zei hij.

'Zolang je maar wild bent,' vulde ik aan.

Ik nam een grote slok. De Wilde Bende Punch smaakte fantastisch en ik werd warm van mijn kruin tot aan mijn tenen. Ik strekte mijn benen naar voren en keek nieuwsgierig rond.

'Welke niet?' vroeg ik. 'Welke van de bekers heb je niet gewonnen? En waarom staat hij dan hier?'

Maar Willie hoorde me niet. Hij keek me alleen maar aan.

'Waarom ben jij wel hier?' wilde hij weten. 'En de anderen niet?'

'Ik weet het niet,' beantwoordde ik de tweede vraag. 'Ze hebben niets tegen me gezegd. Ze praten niet meer tegen me.'

Willie zweeg, maar toen ik hem aankeek, knikte hij even. Dat gaf me moed.

'Ze hebben me uitgelachen!' legde ik uit en ik nam nog een grote slok.

Willie deed hetzelfde.

'Waarom?' vroeg hij toen.

Ik moest lachen.

'Nee. Dat zeg ik niet. Dat kan en wil ik niet zeggen!'

Ik lachte maar mijn ogen keken doodernstig. Ik schaamde me en ik was bang dat ook Willie me zou uitlachen als ik hem alles vertelde. Maar hij gaf me opnieuw moed.

'Ik wed dat ze nu spijt hebben dat ze je zo uitgelachen hebben,' zei hij. 'En ik ga door met wedden. Ik wed dat ze hier bij ons zouden zitten als ze maar de helft van jouw lef hadden.'

Ik keek hem verrast aan. Er kwam een glimlach uit mijn buik, maar ik drukte hem weer naar beneden.

'Nee, ik heb geen lef,' verdedigde ik me krachtig. 'Ik ben een opschepper. En ik heb Jojo's doelpunt verprutst en daardoor hebben we het herfstkampioenschap verloren. Ik heb een Spiderman-pyjama en ik heb hun verteld dat mijn spiegelbeeld een spook is met jouw streepjespak aan.'

Zo, dat was eruit. Willie schoof zijn rode honkbalpet naar achteren en krabde op zijn voorhoofd. Toen schudde hij zijn hoofd en moest lachen.

'Dat meen je niet!'

Ik slikte en voelde een grote woede opkomen. Ik wilde opspringen, naar buiten lopen, weg, weg, weg! Voor altijd! En een voetbal raakte ik ook nooit meer aan. Ja, daarvoor stak ik behalve mijn benen zelfs mijn hart in het vuur.

'Weet je, ik geloof het niet,' zei Willie grinnikend. 'Ik kan het gewoon niet geloven, maar mij gaat het vaak net zo. Met één verschil: mijn spiegelspook heeft geen streepjespak aan. Hij draagt een pyjama en hij is een ramp!'

Ik zat daar en vergat bijna adem te halen. Zo verbijsterd was ik.

'Bij alle paardenvijgen met pindakaas! Je hebt gelijk. Hij is een ramp!' fluisterde ik buiten adem.

'Ja,' zei Willie. 'Hij houdt nooit zijn mond!'

'En hij zegt altijd alleen maar wat je niet wilt horen!' riep ik verontwaardigd.

'Precies!' zei Willie. 'En hij heeft nog gelijk ook!'

Hij grijnsde sluw tegen me. 'Of vind jij van niet?'

Ik schoof zenuwachtig heen en weer en wilde mijn hoofd schudden. Ik wilde hem zeggen dat hij me met rust moest laten! Maar in plaats daarvan liet ik mijn hoofd hangen, knikte en zei heel zachtjes: 'Hij heeft gezegd dat ik niet bij de

Wilde Bende hoor. En dat het mijn schuld is als de Wilde Bende binnenkort niet meer bestaat.'

Ik verzamelde al mijn moed. Ik tilde mijn hoofd op en keek Willie recht aan. 'Willie! Ik wil niet dat het spiegelspook gelijk krijgt. Ik wil dat hij zich verschrikkelijk vergist!'

Willie knikte.

'Dat geloof ik graag. Maar dan moet je het hem ook bewijzen.'

'Maar hoe dan?' vroeg ik. 'De anderen lachen me uit. En ze hebben gelijk. Wat voetbal betreft ben ik een grote nul!'

Willie keek me geschrokken aan. Hij had een eeuwigheid nodig voor hij verder sprak.

'Weet je dat wel zeker?' vroeg hij. Maar hij wilde het antwoord niet horen. 'Nee, niets zeggen,' zei hij zachtjes. Maar hij kon niet verhinderen dat ik knikte. Ik wist het absoluut zeker. Als ik eerlijk ben, moet ik zeggen dat ik het de hele tijd al wist. Sinds de wedstrijd tegen de Onoverwinnelijke Winnaars. Ik kon niet voetballen, niet echt.

Willie trok de pet van zijn hoofd en streek over zijn haar. Hij was verlegen met de hele toestand. Toen nam hij een grote slok. Hij dacht na, dronk zijn bekertje leeg en dronk er daarna nog twee.

'Wat is dit moeilijk, man!' zuchtte hij. 'Krijg nou wat! Als dat zo is, heb je maar één kans. Een piepklein kansje.'

Ik hield me vast aan de rand van de tafel, alsof het om leven en dood ging. En mijn ogen hingen aan Willies lippen. Donder en bliksem! Ik zou elke kans grijpen die hij me gaf.

Willie keek me onderzoekend en een beetje weifelend aan.

'Je hebt net zoveel kans als een olifant die probeert over een zijden draad een ravijn over te steken. Durf je dat aan?'

Ik slikte. Dit was onmogelijk. De olifant zou het nooit redden. Maar ik had geen keus. Ik moest het gewoon proberen. Ik beet op mijn lip en knikte.

Bij alle giganten van olifanten! Ik was gek!

Maar Willie knikte tevreden.

'Goed. Ik wist wel dat ik me niet in je had vergist.' Hij draaide zich om, pakte een hele oude leren voetbal uit een kastje en legde die tussen ons in.

'Hier. Moet je zien. Dit is de trofee die ik niet heb gewonnen. Hij is me alleen maar gegeven. Of liever gezegd: hij is me toevertrouwd.'

Willie zag mijn vragende blik. Wat deed die oude voetbal tussen al die glanzende bekers?

'Ik weet het,' gaf hij toe, 'hij ziet er niet uit. Maar voor mij is deze voetbal het waardevolste dat ik heb.'

Willie schoof opgewonden heen en weer op zijn bankje. 'Nu moet je alsjeblieft even heel goed naar me luisteren. Ik ga je alles vertellen. Daarna kun je doen wat je wilt. Je kunt opstaan en weggaan en alles weer vergeten. Of je kunt het proberen. Je kunt de olifant zijn die op een zijden draad over het ravijn danst. Oké?'

Ik wist niet wat ik moest doen. Ik begreep er niets meer van. Een stokoude voetbal... Een dansende olifant op een zijden draad... Dampende kippenkak! Wat had dit te betekenen?

Maar voor Willie was het allemaal heel logisch. Hij boog zich naar voren. En hij begon heel zachtjes te praten. Het leek of hij me het grootste geheim van de voetbalwereld ging verklappen.

'Raban. Ik was net als jij. Alleen een beetje ouder. Ik geloof dat ik toen zestien was. Maar dat maakt niets uit. Het was een andere tijd. In elk geval heb ik me dezelfde vragen gesteld. Dezelfde vragen die jou nu zo ongelukkig maken.'

Ik hapte naar lucht. Ik had te lang mijn adem ingehouden. Willie, de beste trainer van de wereld, had dezelfde problemen als ik gehad? Dat leek me absoluut onmogelijk. Maar toch gaf het me weer een beetje moed.

'Oké! Vertel door!' Ik schraapte mijn keel en Willie knikte tevreden.

'Ik had toen maar één doel,' ging hij verder. 'Ik wilde de beste voetballer van de wereld worden. Beter dan Figo, Zidane en Ronaldo bij elkaar. Maar de werkelijkheid was helaas anders. De vader van Dikke Michiel had mijn knie verbrijzeld. Ik liep als de klokkenluider van de Notre Dame te hompelen. Ik kon hooguit nog ballenjongen worden, dacht ik. Bij een golfclub in Amstelveen of zo. Toen nodigde mijn trainer me uit. Bij hem thuis. Zoals jij nu hier zit, zat ik toen bij hem. En hij verklapte me het grootste geheim dat er voor een jongen in de voetbalwereld bestaat.'

Het werd onwijs spannend. Er was niks mis met mijn

knieën. Ik had alleen maar een zwakker been. Willie pakte mijn hand en keek door mijn ogen recht in mijn ziel.

'Eens in de 24 jaar is er een heel bijzondere gebeurtenis in het oude stadion. Daar komen in de nacht van Oud en Nieuw de grote voetbalgeesten bij elkaar. Je kunt ze zien als je het geluk hebt gehad twee dagen voor kerst vuurvliegjes te zien gloeien.'

'Meen je dat, Willie? Dat moet ik zien!' riep ik enthousiast. 'Maar vuurvliegjes zien gloeien? Midden in de winter?'

'Inderdaad. Als dat gebeurt, kom je op oudejaarsavond naar het oude stadion in Amsterdam. Kort na middernacht springen daar de schijnwerpers aan... En dan verschijnen ze: de geesten van de grote Nederlandse voetbalhelden. Ze spelen met je en na deze allesbeslissende wedstrijd zeggen ze tegen je of het je lukt.'

'Of wat je lukt?' vroeg ik gehypnotiseerd.

'Profvoetballer worden,' antwoordde Willie. Hij zweeg even en voegde er nog aan toe: 'Of ze vertellen je dat je misschien een andere opdracht hebt.'

'Wat zeiden ze tegen jou?' wilde ik weten. 'Wat was hun voorspelling?'

'Ik was niet goed genoeg!' antwoordde Willie. Hij deed zijn ogen dicht alsof hij net ter dood veroordeeld was. 'Niet goed genoeg! Dat zeiden ze, alsof ze mij geluk wensten op mijn verjaardag. Ik had het niet meer. Kun je je dat voorstellen? Als troost gaven ze mij deze bal. De bal die nu zo oud is en er niet uitziet, en ze fluisterden me toe dat ik een andere opdracht in het leven had. Ik moest wachten. Ik kwam er nog wel achter.'

Willie lachte. Maar hij lachte door zijn tranen heen.

'En ik heb die opdracht gevonden. Door jullie. Toen ik jullie trainer werd, Raban! De trainer van het beste voetbalelftal ter wereld.'

Willie keek me aan. Toen dronk hij nog een bekertje en ik wist zeker dat zijn warme wijn niet door de KNVB was goedgekeurd.

'Snap je, Raban?' mompelde hij en hij pakte mijn hand. 'Nu heb je die kans. Ga kijken of je de vuurvliegjes ziet gloeien. Dat gebeurt maar eens in de 24 jaar.'

Willies ogen lichtten op van enthousiasme. Ze straalden nog steeds toen we de caravan uit gingen om afscheid te nemen. Het was donker geworden. De wind floot tussen de planken van de omheining door. Hij blies in mijn plastic slee die weer op mijn rug hing en trok me bijna om.

'Ik weet het niet,' zei ik aarzelend. Ik schoof onrustig met mijn voeten heen en weer. 'Het klinkt als een sprookje, Willie, vind je niet?'

Maar Willie zei niets.

En zelfs al was het waar, hoe kon ik dan iets doen? Hoe kreeg ik de Wilde Bende weer bij elkaar? 'De anderen lachen me uit. Voor hen ben ik Raban de clown. De gek. Ze geloven het nooit.'

'Nou, én,' zei Willie rustig. 'Als je echt in iets gelooft, moet je rekenen op de spot van anderen.'

'En als je daar niet tegen kunt?' vroeg ik.

'Dan is dat het einde van de Wilde Voetbalbende. Of denk je echt dat ik alleen jou had uitgenodigd? Nee, Raban, iedereen kreeg een brief. Zelfs Rocco de tovenaar en Deniz in Amsterdam-Noord. Maar die hebben niet gedurfd. Die hebben het al opgegeven.'

Daar stond ik, in het donker. Mijn bril besloeg en veranderde de wereld om me heen in een Turks stoombad. De sneeuwkledder onder mijn voeten spatte en plakte alsof ik in een hoop jam stond, en Willie wilde me tot ridder slaan, tot redder van het beste voetbalelftal ter wereld.

'Raban! Het is je al eerder gelukt, weet je nog? Toen Leon jou en Josje uit het elftal had gegooid. Voor de wedstrijd tegen de Onoverwinnelijke Winnaars. Toen heb jij me teruggehaald! Geweldig! Dat ben je vast niet vergeten. En toen heb je ook nog het winnende doelpunt gescoord. Met je zwakkere been.'

'Ik heb geen zwakker been,' zei ik nuchter.

'Des te beter.' Willies stem klonk bijna smekend toen hij vervolgde: 'Je bent een eik in de wind. Jij gelooft in ons. Zonder jou zou de Wilde Voetbalbende niet bestaan.'

Op dat moment blies de wind opnieuw in de plastic slee en tilde me wel twintig centimeter de lucht in.

'Ik een eik in de wind!' lachte ik spottend. Ik draaide me om en duwde mijn fiets de poort door en de heuvel op.

Alle donderende duivels en brakende beren! Waarom was

ik steeds de klos? Ik, Raban de clown, die nu met moeite zijn Giant-mountainbike de heuvel op duwde?

Maar Willie gaf nog steeds niet op.

'Vergeet de vuurvliegjes niet!' riep hij me achterna.

'Vuurvliegjes?' Ik schudde mijn hoofd. Twee dagen voor kerst zeker! Gloeiende vuurvliegjes? Maar toen ik op de top van de heuvel kwam, bleef ik stokstijf staan... Ik kneep hard in mijn wang.

Overal om me heen fonkelde het. Duizenden gloeiende puntjes dansten door de decembernacht. Even stond ik als aan de grond genageld. Maar toen sprong ik op mijn fiets en racete ervandoor. Ik trapte zo hard als ik kon. Met piepende achterband draaide ik de Rozenbottelsteeg in en... Ik zag de fruitkraam te laat.

Stinkende paardenvijgen! Waar kwam die kraam opeens vandaan? Maar voor deze vraag was het te laat. Ik vloog al op de dadels af. De fruitkoopman versperde me de weg met zijn enorme handen.

Dit is een verschrikkelijke nachtmerrie! Nu is het afgelopen met me. Dat schoot door mijn hoofd. Maar toen zag ik een kruiwagen met steigerplanken. Iemand had de planken zo gelegd dat ik er met mijn fiets gemakkelijk tegenop, overheen en aan de andere kant weer af kon rijden. Een bouwvakker was ze vast vergeten. Of was het werk van een engel? In elk geval joeg ik over de plank en over de kruiwagen. Ik kreeg zoveel vaart dat ik zelfs over de fruitkraam heen vloog. De fruitkoopman dook geschrokken weg tussen zijn meloenen.

Raah!

Je had het moeten zien! Helemaal te gek! En voor de fruitkoopman weer overeind was gekropen en scheldend opsprong, was ik al veilig thuis.

Raban de clown

Kerstavond was als elk jaar. Mijn moeder en ik waren gezellig met zijn tweetjes. De lampjes brandden in de kerstboom. De ballen glinsterden en flonkerden. De boom stond in een grote pot in de kamer.

Ik zat sinds vier uur bij de boom en wachtte op iets waarvan ik zeker wist dat het niet gebeuren zou. Om precies zes uur kwam mijn moeder uit haar werkkamer en zette een cd met kerstliedjes op. Toen gaven we elkaar een paar dikke zoenen, wensten elkaar een goede kerst en gaven elkaar een cadeautje.

Ik pakte het mijne het eerst uit en kreeg voor de derde keer een Spiderman-pyjama. Eerst wilde ik zeggen: 'Mam, ik ben al tien. De jongens van de Wilde Bende lachen me uit, omdat ik nog zo'n pyjama draag.' Maar ik hield mijn mond. Mijn moeder zou het niet begrijpen. Ik wachtte ongeduldig tot ze mijn cadeau had uitgepakt. Ik had me echt uitgesloofd. Ik had het mooiste cadeau gemaakt dat iemand van de Wilde Bende maar kan geven. Mijn moeder reageerde hetzelfde als ik. Zonder iets te zeggen staarde ze naar de kaart. 'V.I.P. Logekaart' stond in grote letters op het zwarte karton. En daaronder: 'Deze kaart geeft je exclusief en persoonlijk het recht elke thuiswedstrijd van de Wilde Voetbalbende te zien. Je plaats bevindt zich naast Willies stalletje, onder de paraplu. Je krijgt sinas en een gevulde koek. Gratis.'

Dat was het. De avond verstreek. De volgende dag was het kerst, maar de dagen daarna leken eindeloos te duren.

Er was één troost. Dacht ik. Cynthia, Annemarie en Sabine waren met hun ouders op wintersport. Eerst vond ik dat super. Maar op de vierde dag na kerst, drie dagen voor oudjaar, vond ik dit zogenaamde voordeel een groot nadeel. Ik had eigenlijk wel graag gespeeld met de drie monsters met strikjes, lintjes en kantjes. Zonder hen voelde ik me hartstikke alleen en een dag voor oudjaar stormde ik het huis uit om in elk geval iemand van de Wilde Bende te zien.

Ik kon niet anders. Ze moesten weten van het oude stadion. En wat er daar ooit met Willie was gebeurd. Misschien zouden zij het geloven en dan geloofde ik het uiteindelijk ook. Morgennacht kon het gebeuren. Exact om middernacht zouden de lichten aanspringen. De geesten van de grootste Nederlandse voetbalhelden zouden verschijnen en met je spelen. En daarna zeiden ze of het je zou lukken. Of je aanleg had om profvoetballer te worden.

Maar wie ik het ook vertelde, of dat Leon of Marlon was, of Fabi, Rocco of Vanessa... Niemand geloofde het. Zelfs Josje keek me stomverbaasd aan. Alsof ik in mijn Spiderman-pyjama voor hem zat en hem vertelde dat je voetbalt op schaatsen in een zwembad.

Niemand geloofde me. Ik sukkelde treurig weer naar huis en voelde me eenzaam. Maar die treurnis en eenzaamheid maakten een gevoel van trots in me wakker. Ik wilde iets bewijzen... Namelijk dat in deze nieuwjaarsnacht de geesten van de voetbalhelden echt bij elkaar kwamen. Zodat ze 24 jaar lang spijt zouden hebben dat ze er niet bij waren geweest.

De volgende morgen nam ik de laatste hindernis: 'Hé, mam!' zei ik aan het ontbijt. 'Ik vier vanavond geen oudjaar met je.'

Mijn moeder keek verbaasd over haar krant heen. Ik zat in mijn voetbalkleren aan tafel en raakte mijn boterham niet aan. Ik kreeg geen hap door mijn keel van opwinding.

'Ik ga vannacht naar het oude stadion om de voetbalgeesten te ontmoeten.'

Nu vouwde mijn moeder de krant dicht en sloeg haar armen over elkaar.

'Het gebeurt maar eens in de 24 jaar,' ging ik verder. 'En ik wil niet op de volgende keer wachten. Ze gaan met me voetballen en dan vertellen ze hoe het later met me zal gaan.'

Zo, dat was eruit. Wat het betekende zag ik aan het trillen van mijn moeders neusvleugels. 'Ik dacht het niet!' zei ze zachtjes, maar met een woede die al mijn dromen in elkaar deed storten.

Meer zei ze niet. Ze hoefde ook niet meer te zeggen. Ze

pakte de krant weer op, sloeg hem open en las verder, alsof er niets was gebeurd. De klok sloeg negen en zoals elke morgen stond ze op om naar haar werkkamer te gaan. Maar toen was ik allang weg.

De nacht der nachten

Doelloos rende ik door de straten tot ik buiten adem was. Pas toen bleef ik staan en voelde me de grootste idioot op de wereld. Wat had het voor zin om weg te lopen als mijn moeder precies wist wanneer en waar ze me kon vinden? Ze hoefde alleen maar voor het oude stadion te wachten. Zodra ze me zag, zou ik mee moeten naar huis.

Het was iets over negenen in de ochtend. Wat moest ik de komende 15 uur doen? Naar mijn vrienden kon ik niet. Die dachten dat ik knettergek was geworden. En toen ik bij het stalletje van Willie kwam, was hij er niet. Stalletje en caravan zaten op slot en zijn brommer was weg. Wat betekende dat? Bleef hij expres uit mijn buurt? Was het verhaal van de voetbalgeesten toch maar een verzinsel? Maakte ik me weer eens volkomen belachelijk? Net als toen ik met mijn slee kwam aanzetten terwijl het dooide?

Hottentottennachtmerrienacht en dat op klaarlichte dag! Even wilde ik terug naar huis. Sorry zeggen tegen mijn moeder, omdat ik zomaar verdwenen was. In plaats van naar het oude stadion te gaan, zou ik dan met haar oudjaar vieren. Dan maar geen toekomstvoorspelling! Gewoon oliebollen bakken en spelletjes doen. Mijn moeder haatte spelletjes, maar op oudejaarsavond liet ze zich altijd overhalen.

Toen nam ik opeens een besluit. Ik vermande me en zette mijn tanden op elkaar. Bij alle dansende voetballen van de

wereld! Wat had ik te verliezen? Dus liep ik verder, kriskras door de stad en onder het lopen begonnen de dromen.

Ik zat in het stadion en zag hoe de schijnwerpers aansprongen. Toen kwamen de voetbalhelden en ze speelden met me. In het begin was ik nog verlegen, maar daarna groeide ik boven mezelf uit. Ik werd de beste spits ter wereld. Ik was nog meer verzot op het doel dan Deniz de locomotief... Ik was sneller dan Fabi de snelste rechtsbuiten ter wereld. Ik was wilder dan Leon de slalomkampioen. En mijn trucs waren beter dan die van Rocco de tovenaar. En toen kwam het oordeel: de oude voetballers vormden een kring om mij heen. Ze keken me alleen maar aan. Het leek een eeuwigheid te duren. Maar toen glimlachten ze. Dat glimlachen werd lachen. En ze zeiden tegen me dat ik een van de grootste voetbalsterren zou worden die de wereld ooit had gezien!

Toen de droom uit was, liep ik met trots opgeheven hoofd door de stad. Ik wachtte steeds net zo lang tot iemand naar me keek. Dan gooide ik een steen hoog de lucht in om hem vervolgens een eind weg te schoppen. Iemand moest dat absoluut zien. Hij moest mijn hakje bewonderen, mijn volley of het jongleren met de knie. Ja, dat moest. Als de truc mislukte, draaide ik me bliksemsnel om. De truc lukte geen enkele keer. Dus liep ik een andere kant uit en begon opnieuw te dromen.

Zo vloog de tijd om. Algauw werd het middag en vroeg donker. Tegen negen uur 's avonds liep ik naar het stadion. Al van ver zag ik de schijnwerpers branden, dacht ik. Dat deden ze al jaren niet meer. Toen ik de tribunes boven de

daken van de huizen zag, werd ik zenuwachtig. Stel dat het echt waar was! Vanuit mijn ooghoek zag ik een schaduw bewegen. Ik schrok me rot en kon me nog net op tijd verstoppen.

Raad eens van wie die schaduw was? Juist. Voor de ingang van het stadion stond niemand minder dan mijn moeder. Ik had ook eigenlijk niet anders verwacht.

'Almachtige flessengeest!' fluisterde ik. 'Dat scheelde maar een haar!' Toen sloop ik op mijn hurken langs de omheining tot ik een gat vond en tijgerde voorzichtig het stadion in.

Twee verschrikkelijke uren

Om tien uur stond ik op het veld. Het gras kwam tot ver boven m'n knieën. Mijn twijfel was even groot als het gras hoog was. Had Willie echt de waarheid verteld? Had hij hier gestaan, 24 jaar geleden? Het leek erop dat het gras sindsdien niet meer gemaaid was. Zouden de voetbalgeesten vanavond komen? Dat was de grote vraag.

'Knetterende donder en flitsende bliksem!' vloekte ik en van de tribune kwam een echo terug.

'Knetterende donder en flitsende bliksem,' giechelde de echo. 'Die is goed.'

'Probeer het nog eens met "Stinkende apenscheten"!'

'Of met "Brakende beren"! Die is ook leuk!'

Ik draaide me om en in het licht van de maan zag ik ze allemaal zitten: Leon, Fabi, Marlon, Rocco, Max, Joeri, Josje, Vanessa, Deniz, Marc en Jojo. Ja, zelfs Felix, die ziek was, zat er. Ze waren allemaal gekomen. Zeer waarschijnlijk om dezelfde reden als ik: als het verhaal van de oude voetbalhelden wáár was, wilde niemand het missen. Zíj hadden het alleen zonder overleg met Willie gedaan en hoefden zich nu niet te schamen zoals ik. Nee, ze konden me zelfs pesten en dat deden ze dan ook.

'Hé, Ra-haban!' riep Deniz. 'Wat dacht je van een spelletje Voetbalhelden Zoeken? Ze hebben zich vast en zeker als paaseieren in het gras verstopt.'

Met een kleur als vuur keek ik hem aan. Ik kon geen woord uitbrengen en daarom ging ik een eind bij de anderen vandaan op de tribune zitten.

Daar wachtte ik twee volle uren, die een eeuwigheid duurden. Steeds weer werd ik uit mijn dromerijen gehaald door spottende opmerkingen van de anderen. Uiteindelijk zat ik daar op de tribune maar wat te piekeren. 'Niet luisteren!' prentte ik me elke keer in, maar dat lukte niet. Elke opmerking voelde als een messteek in mijn hart. Het enige waardoor ik het uithield, waren Willies woorden op de avond van het mislukte sleefeest. 'Je bent een eik in de wind. Jij gelooft in ons. Zonder jou zou de Wilde Voetbalbende niet bestaan.'

Toen sloeg het middernacht en ik sprong meteen op. Ook de anderen stonden op. Om ons heen begon het nieuwjaarsvuurwerk. Het knetterde, floot en knalde. Sissend suisden vuurpijlen de lucht in, waar ze uiteenspatten in fonkelende kleuren.

Maar de schijnwerpers bleven uit. Behalve wij was er niemand. Overal op de wereld omhelsden mensen elkaar en wensten elkaar een gelukkig nieuwjaar.

Mijn vrienden schudden alleen maar hun hoofd. Ze grijnsden verlegen en keken toen een beetje smalend.

'Kom, we smeren 'm!' zei Leon nerveus.

Maar Fabi aarzelde. Hij raapte zijn moed bijeen en keek me aan. 'Hoe zit het met jou? Ga je ook mee, of niet?'

Ik wilde knikken.

Ik wilde opspringen en naar hen toe lopen. Zo blij was ik dat Fabi tenminste weer tegen me praatte. Maar ik kon me niet meer bewegen. Ik kon ook niets zeggen. De anderen verloren hun geduld.

'Kom op nou, Fabi?'

'Wat wil je van die gek?'

'Laat hem hier blijven als hij dat zo nodig wil.'

Fabi keek me nog een keer aan. Toen draaide hij zich om en liep achter de anderen aan.

Ik sloeg mijn handen voor mijn gezicht. Ik wilde niet dat iemand zag dat ik huilde. Ik wilde het zelf niet zien. Dat kon ik nu niet verdragen.

Toen hoorde ik stappen achter me. Het was mijn moeder. 'Je weet niet half hoe pijnlijk dat was,' zei ze toonloos en koud. 'Ik wou dat ik het nooit gezien had.'

Toen liep ze langs me heen. Ik bleef zitten, maar na tien eindeloze stappen draaide ze zich nog een keer om. 'Kom, we gaan naar huis.'

Biljartvoetbal

Ik sjokte achter mijn moeder aan. Ik leek op een kuiken dat achter het eerste het beste levende wezen aanloopt dat hij ziet zodra hij uit het ei is gekropen. Ik denk dat mijn moeder het ook zo voelde. Ik had moeite haar bij te houden. Of misschien liep ik wel expres zo langzaam. Wat had ik mezelf voor schut gezet. Hoe kon ik met tieneneenhalf jaar en een gezond verstand geloven in geesten van voetbalhelden die bij elkaar komen in een oud stadion? Eens in de 24 jaar?

Het was onzin, hoe dan ook. En ik moest maar zien wat de toekomst voor me in petto had. Onontkoombaar en niet te verhinderen. Ik moest ermee leren leven dat ik geen flitsende profvoetballer zou worden. Dat gold overigens ook voor de andere leden van de Wilde Bende.

Plots zoemde het in de lucht. Ik bleef staan en voelde elektriciteit. Vonken sproeiden als een sterrenregen aan de stadionhemel en toen sprongen de schijnwerpers aan. Ik was verblind, zo fel was het licht. En toen ik weer kon zien, was het gras gemaaid.

Het was het beste veld van de wereld en over dat gras kwam nu een groep gestalten in majesteitelijke shirts recht op me af. Het leek of het om een heel belangrijke wedstrijd ging.

Het waren de kampioenen van het EK in 1988: Marco van Basten, Ruud Gullit, Jan Wouters, Ronald Koeman, Aron

Winter, Frank Rijkaard, Adrie van Tiggelen. Daar was doelman Hans van Breukelen. Achter hem kwam zijn reserve Joop Hiele. Toen kwam Ruud Gullit naar me toe en drukte me de hand.

'Hallo, Raban!' zei hij vriendelijk. 'Je weet waar het vanavond om gaat?'

Ik knikte zonder iets te zeggen en voelde me nerveuzer dan ooit tevoren.

'Goed,' zei Ruud. 'Dan is het goed. Laten we beginnen, of wil je misschien eerst een handtekeningenrondje?'

Ik liep rood aan en schudde mijn hoofd. Als ik al iets kon zeggen, kreeg ik daar de tijd niet voor. Het begon al. Ik speelde met Marco van Basten en Ruud Gullit in de voorhoede. Op het middenveld regeerde Frank Rijkaard, de verdediging was in handen van Ronald Koeman en in het doel stond natuurlijk Hans van Breukelen. De anderen waren de tegenstanders en die waren natuurlijk kansloos. Maar ik voelde me zo zenuwachtig en verlegen. Ik was helemaal nergens.

Steeds weer kreeg ik de bal. Het was tenslotte mijn persoonlijke test. Maar ik verpestte het door de bal niet af te geven. Mijn oma had het niet slechter kunnen doen. En als ik op doel schoot, was het óf op de paal, óf eroverheen.

In het begin zeiden de voetbalhelden geen woord. Toen stelden ze me gerust en later moedigden ze me zelfs aan. Maar het ging er niet beter door. Uiteindelijk begon ik me op het veld te verstoppen. Ik wilde en kon niet meer. Dit was gewoon te zwaar. Ik liet het spel aan hen over. Zo kon ik van heel dichtbij van de hoogste vorm van voetbalkunst genieten.

Toch stond het een minuut voor het einde nog steeds nul-nul. Toen kwam de bal per ongeluk mijn kant uit. Ik zag twee man van de tegenstander recht op me afkomen.

Alle duivels in de hel! Wat kon ik doen?

Ik rende met de bal richting doel. Alleen, het was ons eigen doel. Hans van Breukelen kon het eerst helemaal niet geloven. Maar het was al te laat. Ik schoot en de bal passte precies in de hoek.

Driemaal geoliede uilenkak! Alsjeblieft, geen doelpunt! Nee!

Op het laatste moment draaide de bal. Hij ketste tegen de lat en schoot hoog de lucht in. Hij kwam ver in het midden-veld weer naar beneden en sprong op als een stuiterbal. Na een wonderlijk hoge boog in de richting van het doel van de tegenstander schampte de bal langs Rijkaards knie. Vervolgens kopte Erwin Koeman hem door naar Marco van Basten die hem in één keer in het doel schoot.

'Knetterende donder en flitsende bliksem!' Ik gooide mijn armen in de lucht en stormde over het veld. We hadden gescoord en dus gewonnen! Het was een raar soort biljart-doelpunt geworden à la Raban de held! Ik vloog iedereen om de hals. De helden bedankten me voor het enige en spelbe-slissende doelpunt. Ik zag hoe mijn moeder en de andere jon-gens van de Wilde Bende op de tribune van blijdschap waren opgesprongen.

Alle apenscheten! Ook zij waren teruggekomen, toen de schijnwerpers waren aangesprongen. En ze hadden alles gezien. Nu was ik niet meer de gek. Nu hoefde niemand zich meer voor me te schamen. Alle gillende krokodillen! De voet-balhelden vormden al een kring en Ruud Gullit nam me hoogstpersoonlijk mee naar het midden ervan.

Zwarte, ronde magie

Daar stond ik en durfde me niet te bewegen. Ik durfde nauwe-lijks adem te halen. Mijn hart was al opgehouden met klop-pen. Ik zag alleen de gezichten van de voetbalhelden om me heen. Ruud Gullit liet mijn hand los en ging tussen de ande-ren in de kring staan. Hij glimlachte weer naar me. Toen was opeens iedereen ernstig. En de grote Ruud begon te praten.

'Je weet waarom je hier bent?' vroeg hij nu voor de tweede keer. Ik knikte ja met mijn ogen. Meer lukte me niet.

'Oké. Dan weet je ook dat dit géén handtekeningenuurtje is. Dit hier is absolute ernst!'

Op dat moment viel alles op zijn plek. Ik ademde weer nor-maal. Mijn hart hamerde in mijn borst en ik hoorde het bloed in mijn oren suizen. Ruud Gullit toverde uit het niets een zwarte, vierkante kartonnen doos tevoorschijn. Hij opende hem en gaf me de inhoud: een gitzwarte voetbal met het logo van de Wilde Voetbalbende erop. O, man, dit was zwarte, ronde magie! Zoiets fantastisch had ik nog nooit gezien! En die voetbal was voor mij! Dankbaar en stralend van blijdschap pakte ik de doos met de voetbal aan.

'Deze is voor jou, zodat je je nieuwe opdracht nooit ver-geet,' zei Ruud. 'Een profvoetballer zul je misschien niet worden. Maar dat wist je wel, denk ik.'

Ik knikte en hoewel mijn hart ongeveer naar Australië zakte, wist ik dat hij gelijk had.

'Goed,' zei hij. 'Daar ben ik blij om! Dan wens ik je nog veel geluk. Alles is cool!' besloot hij.

'Zo-zolang je maar w-wild bent,' stamelde ik als antwoord. 'M-aar wat is m-mijn opdracht?'

Het licht van de schijnwerpers ging uit. In een oogwenk waren de voetbalhelden verdwenen en het gras stond weer hoog. Ik keek verbaasd om me heen. 'Wat is er gebeurd?' vroeg ik me af. Ik zag de jongens van de Wilde Bende op me afstormen.

'Wat heeft hij gezegd?' vroeg Josje.

'Gaat het lukken, Raban?' Fabi pakte me bij mijn arm. 'Word je zoals zij?'

Ik keek hem aan en schudde treurig mijn hoofd.

'O, dat vind ik erg!' riep Vanessa. Dat kwam wel heel vlug, vond ik.

'O, man, ik was net nog zo jaloers op je!' Felix schudde zijn hoofd. 'Maar ik ben wel hartstikke blij dat ze dat niet tegen mij hebben gezegd.'

'Maar we moeten jou wel onze excuses aanbieden!' zei

Leon aarzelend. Van hem had ik zo'n opmerking het minst verwacht en dat was een troost.

'Krabbenklauw en kippenkak! Wat is dat nou?' riep Joeri enthousiast toen hij de bal in mijn handen zag. 'Hebben jullie ooit zoiets gezien? Zo gaaf, helemaal te gek!'

'Dat is zwarte, ronde magie,' fluisterde ik. 'Dat is mijn nieuwe opdracht zei Ruud Gullit.'

'En dat zeg je nu pas!' riep Marlon. 'Een opdracht van de grote Ruud Gullit zelf. Krijg nou wat! Raban, wat zei hij precies?'

Ik keek hem aan en herinnerde me even helemaal niets. Ik kromp geschrokken in elkaar en dacht dat ik alles alweer vergeten was. Ja, hoor! Echt iets voor mij! Maar toen schoot me te binnen dat hij niet echt iets tegen me had gezegd. Wat betekende dat? Was het allemaal een grap? Was ik zo slecht dat ik niet eens een opdracht kreeg? Of moest ik die zelf vinden? Ja, natuurlijk. Net als bij Willie. Pas 24 jaar na de vorige bijeenkomst van de voetbalgeesten had hij zijn opdracht ontdekt: trainer van de Wilde Bende worden.

Maar dat duurde me te lang. Zo lang ging ik niet wachten. En de andere leden van de Wilde Bende natuurlijk ook niet.

'Nou, weet je nu al niet meer wat hij tegen je zei?' zeurde Fabi door. Op dat moment vermande ik me voor de tweede keer.

'Natuurlijk wel! Maar zo simpel is het niet. En dit hier is ook niet de juiste plaats!' Ik kletste maar een eind weg. Ik zei gewoon wat er in mijn hoofd opkwam. Maar toen ik diep zuchtte, voelde ik: dit was geen geklets. Deze woorden kwamen van heel diep uit mij en toen wist ik het. Ik had de opdracht niet van de voetbalhelden gekregen, maar hem zelf gevonden.

'Op naar Camelot!' riep ik. 'Daar vertel ik jullie alles. En zet het aambeeld klaar. Dat moet op een dag als vandaag.'

We renden naar de uitgang, maar daar versperde mijn moeder ons de weg.

'Raban! Ik moet met je praten!' zei ze ernstig. Haar stem trilde. Dat hoorde ik heel goed, want dat gebeurde maar zelden.

Even was ik in verwarring. Maar toen herinnerde ik me ons laatste gesprek en ook dat ik zonder toestemming was weggerend. Pech. Voor een lange preek had ik nu geen tijd. Daarom schoof ik mijn moeder zachtjes opzij.

'Sorry, mam, maar dat moet maar even wachten!' zei ik heel vastbesloten.

En toen renden we weg.

Een droom zou werkelijk kunnen worden

We renden tot we in de Fazantenhof bij het huis van Joeri en Josje kwamen. Daar in de tuin stond Camelot, het boomhuis van drie verdiepingen van de Wilde Bende. Kortgeleden hadden we het tot een vesting omgebouwd en tegen Dikke Michiel moeten verdedigen. Dikke Michiel is de grootste miskleun die er bestaat.

Maar dat is een ander verhaal. Dat vertelt Joeri 'Huckleberry' Fort Knox, het eenmans-middenveld, je wel. Nu hadden we het te druk met andere dingen.

We rolden eerst de oude ton, ons 'aambeeld', naar de onderste verdieping van Camelot. Daar was onze verzamelplek. Toen gingen we er in een kring omheen staan. De bal ging als een magische kristallen bol van hand tot hand. Nadat iedereen hem in zijn handen had gehad, legde ik hem op de ton. 'Oké,' begon ik. 'Nu zeg ik jullie wat mijn opdracht is. Ik begrijp hem nog niet, maar dat kan me niet schelen. Belangrijk is alleen dat we weer een gemeenschappelijk doel hebben. Zoals de wedstrijd tegen Dikke Michiel en tegen Ajax of het herfstkampioenschap dat ik verprutst heb. Luister dus goed. Ons doel is dat we allemaal zullen meedoen aan het WK in 2010!'

Het was meteen doodstil. Ik was onder de indruk van mezelf. Zo super had ik nog nooit gesproken en nooit zo lang. Maar de anderen zwegen om een andere reden.

'Weet je dat zeker?' vroeg Leon voorzichtig. 'Denk je niet in 2014 of misschien zelfs in 2018?'

'Nee. 2010!' antwoordde ik vastbesloten.

'Maar weet je hoe oud we dan zijn?' zei Marlon. 'Je kunt niet met meedoen aan een WK als je pas veertien of vijftien bent.'

'Ik zei toch dat ik de opdracht niet helemaal begrepen heb,' hielp ik hem herinneren.

'Ja, maar Raban!' zei Vanessa nu. 'Je weet wat ik wil worden. De eerste vrouw die in het nationale elftal meespeelt. En ik heb je vanavond met de voetbalgeesten gezien. Ook de zwarte bal is geen droom. Maar meedoen aan het WK 2010 is gewóón onmogelijk.'

'Goed,' knikte ik. 'Dan vraag ik jullie nu heel gewóón: wees eerlijk. Als jullie konden kiezen, wel of niet meespelen in het WK 2010, wat zou je dan zeggen?'

'Dat is een heel gemene vraag, gátss!' siste Vanessa.

'Weet ik. Maar zo krijgen we het goede antwoord. Dus: willen jullie bij het WK 2010 zijn of niet?' Ik keek grijnzend de kring rond. Geen enkel lid van de Wilde Voetbalbende peinsde er nu over om 'nee' te zeggen. Iedereen wilde erbij zijn. Alleen Vanessa aarzelde nog.

'Nou, wat wordt het?' vroeg ik aan haar.

'Laat me met rust. Dat weet je best!' riep ze boos. En toen strekte ze als eerste haar hand uit. 'Kom dan, waar wacht je nog op. Laten we het meteen doen!' spoorde ze ons aan. We begrepen maar al te goed wat ze bedoelde.

We strekten allemaal onze hand uit. We legden hem op mijn bal. We voelden zijn zwarte, ronde magie. En we beloofden onszelf oprecht en eerlijk in koor:

'Wij, de leden van de Wilde Voetbalbende V.W. uit de

Duivelspot, doen mee aan het WK in 2010. Dat beloven: Leon de slalomkampioen; Marlon de nummer 10; Fabi de snelste rechtsbuiten ter wereld; Rocco de tovenaar; Raban de held; Jojo die met de zon danst; Josje het geheime wapen; Joeri 'Huckleberry' Fort Knox, het eenmans-middenveld; Max 'Punter' van Maurik, de man met het hardste schot ter wereld; Vanessa de onverschrokkene; Deniz de locomotief; Marc de onbedwingbare; en Felix de wervelwind. Wij beloven dat vandaag, op de eerste dag van het jaar 2006.'

Wauw! Dat was goed. Een moment lang was het stil. Toen brak een vuurwerk los. We tuimelden uit Camelot. Toen zagen we Willie die samen met al onze ouders een verlaat oudejaarsvuurwerk afstak. Daarvan had ik, de held, tot nu toe niets geweten.

Alle ouders kwamen ons feliciteren en mij in het bijzonder. Het verhaal van mijn avontuur was als een lopend vuurtje rondgegaan. Alleen mijn moeder was er niet bij. Daarom ging ik, zodra de beleefdheid en de anderen het toelieten, uiteindelijk naar huis.

Raban de held

Het was al bijna half vijf in de ochtend toen ik thuiskwam, maar mijn moeder zat nog op me te wachten. In de hal in een luie stoel en ze sliep. Voorzichtig sloop ik langs haar heen. Ik was moe en de donderpreek die zéker zou komen, wilde ik liever morgen pas horen.

Maar helaas. Geen zoon komt sluipend langs zijn moeder, en zeker niet als ze op hem wacht. Ze houdt namelijk veel te veel van hem. Met die liefde voelde mijn moeder dat ik terug was. Ze opende haar ogen.

Ik had het gevoel dat ik bevroor, maar toen geloofde ik niet wat ik hoorde: 'Mag ik hem een keer vasthouden?' vroeg mijn moeder. Ze wees op de zwarte Wilde Bende-bal onder mijn arm.

Ik was stomverbaasd. Mijn moeder die zich voor een voetbal interesseerde? Dat was onmogelijk. Toch gaf ik haar de bal. Ik verwachtte dat ze hem als een dode vis zou laten vallen, als ze hem eenmaal gevoeld had. Maar ik vergiste me. Mijn moeder legde haar handen om de zwarte, ronde bal. Ze bekeek hem alsof het een kostbare diamant was. Ze streek met haar vingers over het logo dat erop stond. Ze keek me nadenkend aan. Ze slikte, schraapte haar keel en zei iets wat ze nog nooit had gezegd. En weer trilde haar stem.

'Ik moet je mijn excuses aanbieden, Raban. Ik heb je kerstcadeau niet goed ingeschat. Dat spijt me. Pas sinds vandaag weet ik dat het het kostbaarste is dat je me kon geven. Ik weet niets van voetbal. Maar vanaf nu zal ik geen thuiswedstrijd van de Wilde Voetbalbende missen. Ik zal voor Willies stalletje onder de paraplu zitten. En ik zal jullie aanmoedigen. Dat beloof ik je!'

Mijn moeder veegde een traan van haar wang.

'Dampende kippenkak!' riep ze toen. 'En ik verheug me ook op de sinas en de gevulde koek. Vergeef me alsjeblieft.'

Ze slikte. Ik wilde iets zeggen, maar voor ik kon antwoorden zaten we al in een innige omhelzing.

Hoe ik daarna in mijn bed kwam, weet ik nu niet meer. In elk geval sliep ik diep en vast tot de volgende middag. Pas toen deed ik mijn ogen weer open. Eén schrikseconde lang dacht ik echt dat ik het allemaal had gedroomd. Maar toen voelde ik de bal, die naast me op mijn kussen lag. Even later begon er iemand te praten die ik maar al te goed kende. Met hem had ik nog een aardig appeltje te schillen.

'Bravo! Het is je gelukt!' riep hij een beetje spottend. Zonder mijn bril op te zetten, keek ik naar de openstaande deur van m'n klerenkast.

De hele kamer was gehuld in een dikke mist, maar de Raban in streepjespak in de spiegel zag ik scherp.

'Het is je echt gelukt. Dat had ik nooit verwacht. Goeie!' zei mijn spiegelspook. 'Raban de brillenkop heeft eindelijk zijn ogen geopend. Dat ik dat nog mag meemaken.'

'Precies!' grijnsde ik. Zijn spot raakte me totaal niet. 'Je hebt het meegemaakt en nu kun je verdwijnen. Ik heb je niet meer nodig. Hoepel maar op!'

'Hohoho!' protesteerde streepjespak. 'Het is je toch niet naar je bol gestegen? Gedraag je als een tienjarige. Dan zul je zien dat je me binnen twee weken weer nodig hebt.'

'Als dat zo is, hoor je het van me,' zei ik. Voor het eerst werd de Raban in de spiegel zenuwachtig.

'Je bent ondankbaar, weet je dat?' zei hij dreigend. 'Ik heb je wakker geschud. Je kunt nog veel van me leren.'

'Dat meen je niet,' zei ik nu verbaasd. 'Je bent dus in alles beter dan ik?'

'Bingo. Je snapt het!' trompetterde het spiegelspook. Hij trok zijn streepjespak recht alsof hij er daardoor groter en belangrijker uit zou gaan zien.

'Oké! Jij wedt toch graag?'

'Ja, en ik win altijd!' schepte de Raban in de spiegel nu op.

'Goed. Dan wedden we toch? Zullen we erom wedden dat jij je streepjespak tegen mijn Spiderman-pyjama inruilt en voor altijd verdwijnt? Of in elk geval totdat ik je nodig heb en je roep? Stel dat dat ooit het geval zou zijn?'

'Maar wat doe je als je de weddenschap verliest? En hoe wedden we eigenlijk? Wil je misschien tegen mij voetballen?'

Ik grijnsde alleen maar. 'Als ik verlies mag je mij voor altijd en eeuwig op mijn zenuwen werken, wanneer je maar wilt.'

'Oké, afgesproken!' zei het spiegelspook al bijna boosaardig. Hij verheugde zich er blijkbaar erg op mij in de toekomst op mijn zenuwen te gaan werken. 'En hoe loopt de weddenschap nu af?'

'We gaan elkaar een beetje uitschelden. Dat kun je toch, of niet?' vroeg ik. 'Netjes om de beurt. Als de ander even niets weet en geen antwoord vindt, heeft hij verloren.'

'Goed! Afgesproken! En als je er niets op tegen hebt, begin ik nu meteen.' De Raban in de spiegel haalde adem en knetterde erop los: 'Je bent een hazelworm met platvoeten, weet je dat?' Hij keek me triomfantelijk aan.

'En jij bent een kakelende kameel!' antwoordde ik direct. Ik verraste hem, dat was duidelijk.

'Liever een kakelende kameel...' zei het spiegelspook extra langzaam. Hij probeerde tijd te winnen om na te kunnen denken. '...dan een oerstomme brillenkop.'

Hij lachte zich bijna dood, maar ik was niet onder de indruk.

'IJdeltuit! Geroskamde pauwenstaart!' beantwoordde ik zijn uitdaging zacht maar vastbesloten.

Nu slikte het spiegelspook en hapte naar lucht.

'Zevenvoudig kampioen in het omgooien van emmers water,' siste hij. Hij dacht zo weer aan de winnende hand te zijn. Daar leek het even op want er schoot me niets te binnen. Maar toen was het er.

'Zigzagplassende huismeester van een zandkasteel!'

Die zat. Het spiegelspook kokhalsde, rochelde en liep trappelend van ongeduld heen en weer. Hij gaf geen kik meer. Na een poosje hoorde ik hem mompelen. Voordat hij, net als de rest van de kamer, in flarden mist verdween, kon ik zien dat het spiegelspook mijn nieuwe Spiderman-pyjama aanhad.

Ik leunde grijnzend in de kussens, zette mijn bril op en keek uit het raam. Het sneeuwde. Wat er tot het voorjaar gebeuren zou, kon ik niet weten. Dat wist niemand van ons. Maar ik durfde mijn voeten ervoor in het vuur te steken dat het de beste winter zou worden die er voor een lid van de Wilde Voetbalbende bestond.

EINDE VAN
DEEL 6

Joachim Masannek werd in 1960 geboren. Hij studeerde Duits en filosofie en daarna studeerde hij aan de Hogeschool voor Film en Televisie. Hij werkte als cameraman en schreef draaiboeken voor films en tv-programma's. En hij is trainer van de échte Wilde Voetbalbende, en vader van voetballers Leon en Marlon.

Jan Birck werd geboren in 1963. Hij is illustrator, striptekenaar en artdirector voor reclame, animatiefilms en cd-roms. Met zijn vrouw Mumi en hun voetballende zoons Timo en Finn woont hij afwisselend in München (Duitsland) en Florida (Verenigde Staten).

Alles is cool zolang je maar wild bent!

Lees ook de andere boeken over de Wilde Voetbalbende:

Zeven vrienden wachten op het mooie weer dat het nieuwe voetbalseizoen inluidt. Voetbal is voor hen minstens even belangrijk als leven. Maar de sneeuw is amper gesmolten, of hun voetbalveldje is al in beslag genomen door Dikke Michiel en zijn *gang*. Dat laten de vrienden natuurlijk niet zomaar gebeuren! Ze dagen Dikke Michiel uit: wie de wedstrijd wint, krijgt het veldje. Maar hoe kunnen ze ooit winnen van die griezels, die veel groter, sterker én gemener zijn...?

ISBN 90 216 1909 1

Er komt een nieuwe jongen op school: Rocco, de zoon van een Braziliaanse profvoetballer. Eerst vindt Felix hem arrogant, maar Rocco is goed én hij wil per se bij de Wilde Voetbalbende. Rocco's vader vindt het maar niks. Zijn zoon bij een ordinair straatelftal! Hij moet bij een échte club spelen.

Dat kan geregeld worden: de Wilde Bende zorgt voor officiële clubshirtjes en traint nog harder dan anders. Dan dagen ze het jeugdteam van Ajax uit voor een duel. Rocco is een van hun tegenstanders...

ISBN 90 216 1919 9

Vanessa is helemaal voetbalgek. Ze draagt altijd voetbalkleren, en ze wil de eerste vrouw in het Nederlands elftal worden. Met haar meisjes-voetbalclub gaat dat natuurlijk nóóit
lukken! Haar vader meldt haar aan bij de Wilde Bende. Maar
de jongens zijn op zijn zachtst gezegd niet zo erg blij met een
meisje in hun team. Ze spelen Vanessa nooit de bal toe,
maken zulke scherpe passes dat zij die wel moet laten gaan
en vernederen haar. Vooral Leon moet niks van haar hebben.
Maar Vanessa geeft niet op: ze móét en ze zal laten zien dat ze
goed genoeg is om bij de Wilde Bende te spelen!

ISBN 90 216 1929 6

Na de vakantie wacht de Wilde Voetbalbende een grote verrassing: hun veldje is omgetoverd in een echt stadion, com-
pleet met schijnwerpers! Joeri wil niets liever dan dit grote
nieuws aan zijn vader vertellen. Alleen woont zijn vader niet
meer thuis, en Joeri weet niet waar hij nu is. Terwijl hij in de
stad naar zijn vader op zoek is, valt Joeri in handen van
Dikke Michiel en zijn *gang*, de aartsvijanden van de Wilde
Bende...

ISBN 90 216 1690 4

Deniz voetbalt in een ander elftal, maar hij zou dolgraag bij
de Wilde Voetbalbende spelen en nodigt zichzelf uit voor een
proeftraining. Dat hij talent heeft, is overduidelijk, maar
toch wijzen Fabian en Leon hem af. De Turkse Deniz zou niet
in hun elftal passen. De andere jongens zijn hier woedend
over. Ze willen Deniz per se bij hun club, zelfs als dat betekent dat Fabian en Leon opstappen. Wat nu?

ISBN 90 216 1700 5

Als Max plotseling niet meer het hardste schot ter wereld
kan maken, raken de leden van de Wilde Voetbalbende in
paniek. En wat misschien nog wel erger is: Max lijkt ook zijn
tong verloren te zijn. Hij zegt geen woord meer. Shock-thera-
pie is de enige mogelijkheid, en zijn vrienden organiseren de
griezeligste spooknacht aller tijden...

ISBN 90 216 1960 1

Wauw! Tijdens het Stadskampioenschap zaalvoetbal wordt
Fabi ontdekt door een talentscout en gevraagd voor het
jeugdteam van Ajax. Fabi heeft hier altijd van gedroomd, dus
neemt hij het aanbod aan. De leden van de Wilde
Voetbalbende begrijpen Fabi niet en vinden hem een verra-
der. Hij wordt uit het team gezet. Uitgerekend in de finale
moet de Wilde Voetbalbende tegen Ajax spelen... Fabi mag
tijdens zijn proeftijd nog niet voor zijn nieuwe club spelen.
De Wilde Bende kan alleen maar winnen als de snelste
rechtsbuiten ter wereld meespeelt. Voor welke club zal Fabi
kiezen?

ISBN 978 90 216 2171 5

Verschijnt maart 2007

Uitgerekend Josje, de kleinste van de Wilde Voetbalbende,
krijgt het aan de stok met de Vuurvreters. Die gevreesde
Skatergroep eist de alleenheerschappij over de stad op. Ze
pikken – vlak voor een belangrijke wedstrijd – de gitzwarte
shirts van de Wilde Bende! Ten slotte belegeren de
Vuurvreters zelfs de thuisbasis van de Wilde Bende, de
Duivelspot. Het is duidelijk: met de Vuurvreters moet voor
eens en voor altijd worden afgerekend! Dan heeft Willie, de
beste trainer van de wereld, een plan. En alleen Josje, het
geheime wapen, kan de Wilde Bende redden...

ISBN 978 90 216 2181 4

Verschijnt maart 2007

De Wilde Voetbalbende dingt mee naar het Stadskampioenschap Zaalvoetbal en kan zich ook nog plaatsen voor het Wereldkampioenschap Kindervoetbal! Dan krijgt Marlon een ernstig ongeluk tijdens het karten. Het is de schuld van Rocco, zijn beste vriend. Marlon mag zes weken niet meer voetballen en is na die tijd niet meer in vorm. Hij trekt zich van iedereen terug en praat niet meer tegen Rocco. Maar die heeft hem juist nodig, want zijn vader, de Braziliaanse profvoetballer João Ribaldo, wil weg bij Ajax. Hij is op zoek naar een andere club, in een ander land. Dat zou betekenen dat Rocco moet verhuizen. Zal Marlon zijn weg naar de Wilde Bende terugvinden? En kan de Wilde Bende Rocco's vader opnieuw enthousiast maken voor Ajax?

ISBN 978 90 216 2251 4

Verschijnt najaar 2007

Jojo gaat bij een ander gezin wonen. Dat gebeurt een week voor de Wilde Bende zich plaatst voor het Wereldkampioenschap Kindervoetbal, en kort voor de beslissende wedstrijd tegen VV Waterland om het kampioenschap van de E-junioren. In Jojo's nieuwe gezin lijkt elke dag voor hem Sinterklaas en zijn verjaardag tegelijk. Daardoor vergeet hij zelfs de Wilde Bende! Als hij merkt hoe belangrijk zijn elftal voor hem is, lijkt het te laat om terug te keren. Van zijn nieuwe ouders mag Jojo geen contact hebben met de Wilde Bende en het prachtige huis aan de Amstel wordt een gouden kooi voor hem. Maar zijn vrienden bedenken een plan om hem te bevrijden en Jojo moet beslissen waar hij echt thuishoort...

ISBN 978 90 216 2261 3

Verschijnt najaar 2007